Os grandes carnívoros

Adriana Lisboa

Os grandes carnívoros

Copyright © 2024 by Adriana Lisboa

Grafia atualizada segundo o Acordo Ortográfico da Língua Portuguesa de 1990, que entrou em vigor no Brasil em 2009.

Capa e imagem
Tereza Bettinardi

Preparação
Leny Cordeiro

Revisão
Valquíria Della Pozza
Aminah Haman

Os personagens e as situações desta obra são reais apenas no universo da ficção; não se referem a pessoas e fatos concretos, e não emitem opinião sobre eles.

Dados Internacionais de Catalogação na Publicação (CIP)
(Câmara Brasileira do Livro, SP, Brasil)

    Lisboa, Adriana
        Os grandes carnívoros / Adriana Lisboa. — 1ª ed. — Rio de Janeiro : Alfaguara, 2024.

        ISBN 978-85-5652-216-0

        1. Ficção brasileira I. Título.

23-183004   CDD-B869.3

Índice para catálogo sistemático:
1. Ficção : Literatura brasileira   B869.3
Cibele Maria Dias – Bibliotecária – CRB-8/9427

Todos os direitos desta edição reservados à
EDITORA SCHWARCZ S.A.
Praça Floriano, 19, sala 3001 — Cinelândia
20031-050 — Rio de Janeiro — RJ
Telefone: (21) 3993-7510
www.companhiadasletras.com.br
www.blogdacompanhia.com.br
facebook.com/editora.alfaguara
instagram.com/editora_alfaguara
twitter.com/alfaguara_br

ao Paulo

> *Plunged into the depths of encircling walls*
> *an animal will lose its tuning knob.*
> [Mergulhado nas profundezas de muros que o cercam
> um animal há de perder seu botão de ajuste.]
>
> Anne Carson

Olhava para o fogo, que se alastrava com pressa. Estava vestida de preto, usava luvas pretas, botas pretas, balaclava preta. Seu corpo era um pedaço da noite, quase como se ela estivesse ali sem estar. Gente ou arbusto ou pedra ou pedaço de céu sem estrelas na noite nublada.

Nada era por acaso. A noite nublada e sem lua fazia parte dos planos. A mulher juntou as mãos metidas em luvas pretas e aproximou os dedos dos lábios cobertos pela balaclava. Quem olhasse poderia achar que estava rezando. Mas não estava, quase não pensava, estava mesmo era se lembrando de um momento da sua infância. Alguma viagem de carro com os pais, ela dormindo no banco de trás e acordando meio tonta quando chegaram aos arredores de uma cidadezinha à noite. Olhou pela janela do carro ao acordar e viu uma série de tambores de gasolina queimando junto à estrada. Depois ficou sem saber ao certo se tinha mesmo visto os tambores queimando ou se havia sonhado.

Lembrava-se disso agora: dos tambores de gasolina queimando, alinhados feito soldados, numa estradinha no interior do estado do Rio de Janeiro. Naqueles tambores, o fogo estava contido. Décadas depois, numa noite escura, nublada e sem lua, num país estrangeiro, o fogo se alastrava depressa, ia engolindo tudo.

Era um manifesto. Conforme planejado.

A gente tem que ir embora daqui, ela ouviu Santiago dizer ao seu lado, e a voz dele parecia vir de longe.

É que o espetáculo é bonito, ela ouviu Sofia dizer, também como se estivesse distante.

Ruído de vidro estilhaçando. Sentiu a mão de Santiago em seu braço. Virou o rosto para ele e viu seus olhos. Era só o que conseguiam ver um do outro, os olhos, iluminados pelas chamas do incêndio. As sobrancelhas estavam franzidas. Um manifesto. Seus corpos eram um pedaço da noite. E tudo ia dar certo, eles tinham certeza de que tudo ia dar certo.

A casa cheira levemente a mofo, mas deve ser porque está fechada. E mesmo assim não é o bastante para incomodar nem mesmo quem, como ela, já pelejou com a asma no passado. Abre a janela que fica diante da mesa de quatro lugares. Tudo é tão silencioso que chega a intimidar. Vai até o quarto e abre a janela que fica diante da cama de casal. Quando estava presa, sonhava com esse gesto simples, abrir janelas. A casa é pequena, dois cômodos de paredes brancas e limpas. Uma madressilva entornando de um canto de telhado feito algo líquido. Ela tem andado comovida à toa, comovida com essas coisas da esfera do cotidiano. Comovida com a ideia de um cotidiano. Será que é de verdade esta casa? E estará mesmo franqueada a ela com essa naturalidade toda? Só entrar e ocupar?

O menino está parado na porta da frente, observando-a enquanto ela faz isso tudo, enquanto toma silenciosa e diligentemente posse da casa. Ele não parece ter pressa de ir embora.

Muito obrigada por ter trazido a chave, ela diz.

Ele imóvel. Uns dez anos de idade, supõe. Mirrado e magrelo, feito ela própria quando tinha essa idade — antes de se empapuçar com os hormônios da pré-adolescência e da noite para o dia ficar com a sensação de que habitava um corpo inimigo, um corpo estranho, ao qual seria preciso se adaptar outra vez.

Ela entende que não vai se livrar do menino com tanta facilidade. Estende a mão para cumprimentá-lo.

Sou Adelaide.

Ele aperta sua mão em silêncio, mas dá uma risadinha, talvez intrigado com o gesto cerimonioso. Por alguns instantes não diz nada, até que se dá conta, ela deduz, de que pode ser uma boa ideia responder.

Gil, ele diz.

Pronto. Disseram os nomes e o primeiro feitiço se desamarrou. Mas ele continua parado ali, esperando alguma coisa, e ela não tem coragem de dizer tá bom, menino — Gil —, agora você pode ir embora, sim? Agora você pode me deixar sozinha aqui, comovida com esta casinha e com esta prerrogativa de abrir janelas e portas, com as cortininhas de pano xadrez que eu talvez tenha que tirar e lavar porque desconfio que é delas que está vindo esse cheiro de mofo.

Vai até a cozinha, espia dentro das gavetas e do armário. Encontra um coador de pano, está novo em folha, algumas canecas, panelas de alumínio. Pensa que um café, agora, poderia ser uma espécie de bandeirinha fincada neste novo capítulo que começa. Marcar sua chegada ali na casa. Pensa nos cachorros que antes de se deitarem num canto giram algumas vezes em torno do próprio corpo. Depois se aquietam. Ela escolheu este lugar deliberadamente. Aqui, também, nada é por acaso.

Vou passar um café, diz ao menino. Você quer?

O menino faz que sim. Tão parecido com ela quando criança, pensa, com esse short de malha e essa camiseta surrada. Tímido. Bicho do mato, era o que a sua mãe dizia. Adelaide se escondia por nada, às vezes debaixo da cama, como nas ocasiões em que a mãe chamava o padre Aleixo para benzer o apartamento onde moravam, no subúrbio carioca de Água Santa. O que aquele padre tanto tinha para benzer, ela sempre se perguntava. Não seria um sinal de ineficiência do padre se as bênçãos precisavam ser repetidas com tanta frequência? Ele devia ocupar um lugar muito baixo na hierarquia dos religiosos, ela pensava. Entre ele e Deus devia haver muitos homens de batina mais importantes, gente capaz de oferecer bênçãos que durassem anos, ou mesmo décadas, ou mesmo a vida inteira. Mas como a mãe sempre oferecia ao padre um lanche farto, preparava bolo, comprava pão fresco, era provável que a frequência desmedida das bênçãos se explicasse mais ou menos por aí. Padre Aleixo passava cinco minutos benzendo o apartamento e duas horas debruçado à mesa do lanche.

Ela abre a mochila e tira um saco de pó de café que trouxe do Rio. Põe água para ferver e examina as coisas enquanto espera.

Uma pequena cômoda e um abajur junto à cama, no banheiro o chuveiro elétrico que ela espera que esquente a água, a cortina de plástico ao redor do chuveiro, o tapetinho no chão. Uma lagartixa está parada numa quina do teto. Adelaide abre o basculante. No banheiro há também um pequeno espelho retangular onde pode ver o próprio rosto, os ombros, a parte superior dos braços. Tem fios brancos visíveis entre os fios pretos do seu cabelo. Tem músculos mais fortes também — mais do que aos vinte, mais do que aos trinta anos de idade. O cabelo não corta há meses, os cachos já começam a se espalhar em todas as direções e ela gosta disso. Agora, talvez deixe crescer bastante: outro personagem para o tal novo capítulo. Agora ela pode ser o que quiser. Há coisa de poucos anos antes, era diferente: precisavam tomar cuidado, evitar a todo custo a imagem de hippies maconheiros suspeitos de atirar pedras em drones (um par de vezes chegaram a fazer isso). Ela usava as roupas mais anêmicas para trabalhar e o cabelo mais domesticado. Não chamar atenção, não levantar suspeitas. Jamais levantar suspeitas. Uma vida exemplar e um casamento à prova de fiscalização. Tudo porque o que o grupo mais queria era atuar naquele país da América do Norte — onde ela morou, parece-lhe, por tempo demais. É que o mundo inteiro presta atenção no que acontece aqui, argumentavam. Seria muito mais difícil, talvez, mudar alguma coisa, como se o país padecesse de uma doença autoimune. Em compensação, tudo ganha o noticiário internacional, eles diziam.

Quando o café fica pronto, ela diz ao menino não tenho açúcar. Mas tenho uns biscoitos doces, se você quiser.

Os dois sentam-se no chão da varanda, vermelhão sem lustre, as costas apoiadas na parede branca de chapisco. Fedegosos floridos no morro ali do lado, aquele amarelo intenso. As araucárias de que Adelaide gosta tanto. Estende o pacote de biscoitos, Gil tira um, molha no café e morde. Ela faz a mesma coisa. O gosto do biscoito doce é uma onda de prazer na língua, na garganta, no corpo todo. O ar está fresco. Início de maio nas montanhas.

Não sabe o que dizer ao menino, não leva muito jeito com crianças e isso parece exigir alguma desenvoltura que, se algum dia teve, ainda não recuperou. Sente-se um tanto constrangida. A vinda para esta casa é, num certo sentido, uma abertura (obviedade: quase tudo é uma abertura depois do confinamento da prisão) e um fechamento. Uma espécie de outro lado de dentro. E não há motivo para ir correndo tentar agarrar pelo cangote o tempo perdido — reintegrar-se. Esse verbo é uma piada, junto com todos os seus sinônimos, ela pensa. Ninguém se reintegra, a vida não anda para trás. Mas também não é o caso de dar importância demasiada a nada disso. Pronto, ela é só uma mulher de quarenta e poucos anos que foi morar sozinha, por uns tempos, numa casa modesta no interior do seu país natal, só isso. Nada digno de nota. A modéstia da casa também se deve ao fato prosaico de ser o que ela tem condições, no momento, de pagar, com o resto de dinheiro que sobrou da remessa feita pela tia. Que lhe salvou a vida. E continua salvando. As formigas já começam a montar o cerco em torno dos farelos de biscoito que caíram no chão.

Na véspera, Adelaide tinha chegado à cidade do Rio de Janeiro após um longo voo noturno que, segundo o mapa que acompanhava na escuridão da cabine, veio despencando Américas abaixo. Ocorreu-lhe em algum momento a fantasia de que talvez bastasse ao piloto largar o aviãozinho em seu ponto de partida setentrional e, pela força da gravidade, ele acabaria em seu porto de chegada mais ao sul. No coração de Adelaide, porém, o movimento parecia ser, mais que do norte ao sul, do fundo à superfície, e a cada hora que passava seu coração se iluminava um tanto. Não por acaso chegou ao Rio bem cedo pela manhã, deixando, esperava, a escuridão para trás.

Havia a Polícia Federal. Uma barreira formada por cabines de vidro antes que pudesse de fato ingressar no seu país. Entrou na fila exígua reservada aos cidadãos brasileiros. Sentindo algo entre ansiedade e pânico, abriu o bolso da mochila onde tinha guardado o passaporte. Não estava ali. Saiu da fila, remexeu em todos os compartimentos da mochila e do casaco, desesperou-se ao achar que podia ter esquecido o documento em algum lugar. Mas se não tinha mexido nele desde a véspera, após apresentá-lo no aeroporto da cidade agora distante! Voltou ao primeiro bolso da mochila, aquele onde tinha certeza de tê-lo guardado. Estava ali. Como diabos era possível que não o tivesse visto quando procurou pela primeira vez?

Saiu do aeroporto e chamou um táxi. O motorista usava a camisa de um time de futebol e, quando ele ligou o rádio do carro num programa esportivo, Adelaide ficou sabendo que aquele time tinha perdido um jogo importante no dia anterior. Apreciou o fato de ele continuar usando a camisa mesmo assim, de não tê-la deixado de castigo.

O mesmo engarrafamento na Linha Vermelha, os mesmos vendedores de água e refrigerante e biscoitos de polvilho, como se ela tivesse deixado o Rio de Janeiro apenas uma semana antes. Mas alguma coisa se retorceu com força dentro do seu peito quando se deu conta de que não ia pôr os pés no velho apartamento de Água Santa, onde tinha crescido, onde um dia tinha morado com a mãe e o pai. Que ao longo daqueles muitos anos as coisas não ficaram esperando, imóveis, que ela voltasse.

A própria cidade já havia se dedicado a inúmeros novos projetos sem incluí-la na história. Mudanças, obras, prédios que subiram, lojas e bares e bancos que fecharam as portas e outros que abriram, conforme Adelaide ia vendo no caminho. Uma pandemia no meio, ainda por cima. Mas é isso que dá quando você vira as costas. Às vezes você se dá conta da saudade com o afastamento, às vezes só com o reencontro, ela pensou. É botar os olhos no rosto das pessoas, na paisagem que se descortina, às vezes bela, às vezes triste, o táxi seguindo pelo viaduto do Gasômetro e margeando a baía, as amendoeiras, embrenhando-se rua da Glória adentro, é botar os olhos no Rio e se dar conta de que puta merda sentiu saudade de tudo isso.

Foi do aeroporto até a casa onde o pai agora morava com a irmã dele, na Glória. Um sobrado na rua Barão de Guaratiba. Seu ouvido zumbia ligeiramente. Os comentaristas do programa esportivo no rádio diziam coisas que ela não entendia muito bem. Escutar as coisas ou deixar que as coisas sejam escutadas por você? Foi uma diferença que aprendeu na prisão. Ficou tão claro que havia essa distinção nos seus sentidos — em todos eles, mas de algum modo com a audição parecia mais óbvio. Às vezes ela era ativa ao sentir, às vezes passiva. Eram quase duas maneiras diferentes de existir e de se relacionar com o mundo.

Tem três quartos, disse a tia, no telefone. Pode ficar o tempo que quiser.

É só por uma noite.

Adelaide apertou-a junto ao peito ao chegar no sobrado da Barão de Guaratiba. Enxugou as lágrimas no rosto dela. Cida, a tia, é hoje uma mulher de setenta e poucos anos que aparenta menos. Alguma coisa na genética, ela e o pai têm a pele menos marcada do que seria de se esperar pelas rugas e manchas outros traços da idade. Alisou o cabelo curto da tia, fez que o ajeitava atrás da orelha, embora não houvesse nada para ajeitar. A tia abraçou-a e não queria mais largar, soluçava feito um bebê, fungava, e Adelaide se viu acariciando suas costas e tentando acalmá-la, está tudo bem, agora está tudo bem.

O pai estava sentado numa poltrona na sala, diante da televisão. Os ombros murchos, o restante dos cabelos brancos bem penteados, uma camisa xadrez de botão estalando de nova. O pai sempre gostou de camisas xadrez, são as suas favoritas. Tomava uma cerveja sem álcool e acompanhava os melhores momentos de um jogo de futebol — o mesmo jogo com o qual o motorista devia ter sofrido na véspera, Adelaide supôs. Por um instante ficou ali, parada, vendo os homens correndo na tela da TV. Mais uma vez, tudo lhe pareceu levemente irreal. Ela olhava mas não entendia cem por cento do que via.

O pai virou o rosto quando se deu conta de que tinha chegado alguém. Franziu a testa. Tentou se levantar, mas o problema nos pés dificultava. Adelaide foi até ele, agachou-se junto à poltrona. Procurou as palavras dentro da boca, não havia muitas. Pegou as primeiras que encontrou.

Lembra de mim, seu Nelson?

Ele ficou ali em silêncio, confuso.

Adelaide, seu Nelson, ela disse.

Adelaide!, ele falou. Mas você não tinha viajado para o estrangeiro?

Viajei. Foi só por uns tempos.

E como foi a viagem?

Foi boa, pai.

Sua mãe chegou também? Veio com você?

Adelaide não respondeu, encostou a cabeça no braço dele. Cheiro de sabonete. Cheiro de camisa nova.

Cedo na manhã seguinte tomou um táxi para a rodoviária e prometeu a Cida que não demorava a voltar. Tinha alugado uma casinha na subida da serra da Mantiqueira, queria passar uns tempos num lugar um pouco menos... como dizer? Um pouco menos movimentado, foram as palavras que usou. Movimentado. Parecia correto. Rio de Janeiro nesse momento para ela não dava, cidade grande não dava. Muita coisa para botar em ordem dentro da cabeça e com o falatório da cidade nem sempre a pessoa consegue pensar direito. Mas voltaria logo. Prometeu que voltaria. A tia disse sim, cuide-se bem, por favor. Não tenha pressa. E pôs um pacote de pó de café dentro da mochila da sobrinha. Junto com uma daquelas garrafinhas de uísque em miniatura.

Adelaide se lembra, agora, da revista que comprou na livraria da rodoviária Novo Rio.

Espera aqui, diz ao menino — Gil —, vou te mostrar uma coisa.

Remexe dentro da bolsa, leva a revista para a varanda, abre na página onde começa a matéria sobre os grandes carnívoros.

Eu estava lendo. São bonitos, não são?, ela diz.

Gil passa os dedos pela foto do tigre-de-bengala.

Parece um gato enorme, ele diz.

E é feroz, ela diz. Você sabe. Mas vou te contar uma história que li uma vez, numa outra revista, sobre um homem que encontrou um tigre desses. Esse homem tinha ido até a floresta com os companheiros apanhar lenha. De repente se virou e deu de cara com um tigre, bem ali, parado, olhando. No instante seguinte o tigre pulou em cima dele. O homem era forte, então conseguiu impedir a mordida, mas mesmo assim estava preso pelas patas dele, sentia a baba do bicho escorrendo pelo seu pescoço.

Ela espalma as mãos no ar, um ar-tigre.

O homem teve certeza de que ia morrer. Sabe o que ele fez?

O menino olha para ela, atento.

Abraçou o tigre. Diz que fez isso sem pensar. Passou as mãos em torno do corpo do tigre e o abraçou. E o tigre era macio. Foi o que o homem disse à pessoa que o entrevistou para a revista: que o tigre era macio, parecia uma esponja. E por algum motivo nesse momento o tigre soltou o homem.

Adelaide não conta o resto da história, não conta que em seguida o tigre se voltou para um dos companheiros do homem, agarrou-o pelo pescoço e o arrastou para dentro da mata. Como se aquela história precisasse, necessariamente, de uma tragédia. Às vezes é assim, não adianta esperar por um final feliz. O tigre só fez uma permuta, esta vida por aquela.

Gil abaixa os olhos para a página da revista. Torna a passar o dedo pela foto do tigre.

Eu bem que tinha vontade de abraçar um tigre, ele diz.

Eu também, Adelaide diz, perguntando-se (tarde demais para isso, pensa) se devia mesmo ter contado aquela história. Espera não ser a responsável por possíveis pesadelos. Espera que o menino não saia por aí com ideias de abraçar animais selvagens.

* * *

À noite, sozinha na casa, ela ouve a chuva. Poderia ser bem simples: a água da chuva, o chão por baixo, a terra, a mata ao redor. O ar com cheiro de chuva. Tudo isso em que pensava enquanto esteve presa, tudo isso que lhe parecia cada vez mais inacreditável que pudesse mesmo existir. É uma questão biológica, evolutiva, ela sabe, e tem a ver com estratégias de defesa e sobrevivência: o prazer dura pouco na memória, as experiências difíceis duram uma eternidade.

Um vento bate à porta, sacode. Adelaide, você está aí dentro? Você está dormindo, Adelaide? O raspa-raspa de um galho na janela. Ela não gosta daquele ruído. Levanta-se e vai ver se as portas estão trancadas. Se o ferrolho das janelas está bem fechado, porque essas janelas qualquer um pula, se quiser. Terá sido uma boa ideia vir para cá, no fim das contas? Ainda é tão estranho estar sozinha. E o silêncio. O silêncio. Mesmo que esteja ventando, mesmo que esteja chovendo.

Poderia ser bem simples: água, terra, ar. O espaço entre todas as coisas, que estudavam lá atrás nas aulas de física. Uma vez ela explicou isso a Santiago, que ficou fascinado e volta e meia repetia em seus discursos informais: o tamanho do átomo é determinado pela posição aproximada dos seus elétrons, e o núcleo é tão pequeno se comparado ao resto do átomo que a espécie humana inteira teria o volume de um cubo de açúcar se todo o espaço dentro dos nossos átomos fosse excluído — todo aquele espaço ocupado por outras coisas, por campos quânticos invisíveis, Santiago acrescentava, com sua voz de palanque, citando o que Adelaide havia lhe explicado. Era uma imagem-curinga que ele usava para fazer comparações em ocasiões diversas — sempre, parecia a Adelaide, de maneira certeira. Santiago era o companheiro de todos. E fazer discursos era mesmo com ele, era o seu ponto forte. Quando começava a falar, ainda que informalmente, as pessoas ao redor paravam o que faziam e escutavam. Adelaide sempre se surpreendia fazendo isso, mesmo que estivesse descascando cebolas, nos tempos em que se hospedou com ele e Sofia, ou varrendo a sala, ou empenhada em algo igualmente trivial.

Água, terra, ar, espaço. Mas é com o fogo que ela sonha ao adormecer. O fogo em labaredas cor de tigre-de-bengala. Esse elemento tão estranho, amigo e inimigo, trepando pelas paredes, tragando tudo o que encontra como se pudesse puxar o mundo inteiro para dentro de si, para dentro do seu nada.

Na noite esburacada pela insônia e pelas trovoadas da chuva que apertou, ela pensa em Santiago. Nele, em Sofia e nos outros. Os que estavam com ela na noite do último incêndio, roupas pretas, luvas pretas, balaclavas pretas. Tudo isso um passado consumido — literalmente — pelo fogo. Pensa no homem que um dia abraçou um tigre-de-bengala e que, naquele momento de terror e êxtase, sentiu que o tigre era macio. Mas o companheiro foi arrastado para dentro da mata e devorado. Uma permuta, um escambo.

Ela se levanta, noite alta. Acende o abajur, abre a mochila de montanhismo e tira as mudas de roupa que trouxe e que são todas as que possui. Neste momento, tudo o que tem de essencial no mundo ela pode levar nas costas. Tudo o que tem no mundo ela poderia, aliás, deixar para trás se a urgência exigisse. Em caso de fuga imprevista. Em caso de incêndio, por exemplo. Deixou algumas caixas por aí em algum lugar, na casa de alguém, com livros e outros pertences, mas já faz tanto tempo que nem importa.

Num envelope há recortes de jornal datados de três anos antes com fotos suas, de Santiago e dos outros, que ela pega e estuda com atenção. Olha uma por uma e se pergunta: quem são essas pessoas? Se esta é uma cerimônia religiosa, as entidades fazem parte de um panteão que ela já não reconhece. Caiu do espaço das estrelas, os deuses falam outra língua. Tem também uma foto que George imprimiu e lhe deu, ela e Sofia abraçadas. Quem são essas pessoas? Essas duas mulheres, Adelaide e Sofia?

Olha para as próprias mãos. Mais uma vez aquela pergunta: onde é que está a violência, aqui, nestas mãos? É possível que não esteja nas mãos. A violência, a violência que existe nela. Essa faculdade. Há um músculo específico onde essa coisa fica alojada? Um órgão, uma área do cérebro? Ou é só o corpo inteiro em dado momento num levante? Será que as mãos que executam atos de violência são as mesmas que fizeram a cama mais cedo — que arrumaram o lençol de algodão, que afofaram os dois travesseiros? O lençol tem cheiro de sabão em pó e ela sabe que secou ao sol. As mãos de quem pendurou o lençol para secar ao sol (uma mulher, ela supõe que tenha sido uma mulher): de que modo estaria a violência guardada naquelas mãos e naquela pessoa enquanto pendurava lençóis no varal?

Adelaide pega o baralho, tira uma carta. Cinco de copas. Três taças invertidas e duas na posição normal. Uma imagem de desolação. Um lugar onde ela não quer estar.

Duas taças ainda estão de pé, disse Julia, que foi quem lhe ensinou o tarô na prisão.

Mas três estão invertidas.

Mas duas ainda estão de pé.

A velha história do copo parcialmente cheio ou parcialmente vazio. Um incêndio que consumiu *parcialmente* um laboratório, um incêndio que *consumiu* parcialmente um laboratório: a diferença entre a defesa e a promotoria. Olhando para as coisas em retrospecto, como se projetasse essa carta em seu passado, ela pensa: as duas taças ainda de pé seriam a sua capacidade de falar, de dar as informações que eles queriam.

A chuva. As vozes da chuva que ecoam as vozes do seu passado

vão todos à merda eu não vou dizer nada
se eu fosse você pensava muito bem no assunto
este é o telefone
caso você mude de ideia.
Duas taças ainda estão de pé.

Às vezes é preciso, uma vez Sofia lhe disse, ser um pouco feito malabaristas. Saber conjugar duas ou mais forças. Em vez de fechar o punho em torno de algo a fim de preservá-lo e protegê-lo, o malabarista deixa que objetos distintos girem sobre as pontas dos seus dedos. Mesmo que tudo esteja prestes a desabar, mesmo que o equilíbrio seja precário, às vezes é preciso aceitar que não há alternativa. É preciso correr o risco. A posse é um dos disfarces da morte. Segurar, reter, dominar é matar.

Sofia, Sofia. Os olhos de Adelaide umedecem.

Algo a observa do escuro. Ela não sabe dizer o que é deste mundo e o que é dos outros, nem sabe dizer quando foi que se acostumou a acreditar nas fronteiras entre este mundo e os outros. Algo a observa do escuro. Chuva, silêncio, ruído da chuva e do vento. Você acha que é possível, Adelaide? Reintegrar-se? Você acha que algum dia foi possível? Integrar-se? Você acha que é possível combater o medo da morte com a morte em vida?

Algo (a Morte) a observa do escuro. Não tem nome, a bem da verdade. Chamar de Morte é só uma aproximação.

Em alguns tarôs, a ceifadora, esqueleto com a foice na mão decapitando indiscriminadamente crianças e reis, não tem nome. Um dia um homem dá de cara com um tigre-de-bengala numa floresta aonde foi com seus companheiros apanhar lenha. O tigre salta sobre ele. Preso sob suas patas, o homem entende que esse é um dos nomes da sua Morte. Sem pensar, abraça o tigre. Passa as mãos em torno do corpo do tigre e o abraça. E o tigre é macio. É o que o homem dirá à pessoa que vai entrevistá--lo para a revista. O tigre é macio, parece uma esponja. E por algum motivo nesse momento o tigre solta o homem. Sua Morte lhe dá as costas quando ele decide, num rompante, abraçá-la.

Seja como for: amanhece depois da primeira noite na nova casa e Adelaide precisa sair para comprar comida. É uma daquelas manhãs quase estridentes, claras demais, limpas demais depois de uma noite inteira de chuva. Bota a mochila vazia nas costas, pega a estrada de terra que vai dar no vilarejo de Nossa Senhora da Guia, a cerca de três quilômetros dali. Precisa das coisas mais básicas. A essa altura a novidade talvez já esteja correndo, ela é a recém-chegada.

Mantiqueira. Leu, há muito tempo, que o nome viria do tupi e significaria gotas de chuva. Não sabe se é verdade, mas acha bonito. Mantiqueira. Muitas águas nessa serra sistematicamente desmatada. Estar ali é, também, habitar o que resta de um lugar. Tudo mudou tanto em toda parte. Tudo mudou tanto nela também. Ou será que não?

Na mercearia, a moça lhe diz, mais do que pergunta, ah, é você quem está alugando a casa do Rai na Lapa.

Adelaide ainda não conhece o dono da casa. O menino que trouxe a chave ontem disse que era filho dele. Ela também não sabia que se chamava Lapa aquele pedaço de terra onde está morando.

Ontem eu conheci o Gil, diz, tateando em busca de uma âncora qualquer. Ele foi levar a chave para mim.

Um amorzinho, a moça da mercearia diz. Os irmãos não. Os irmãos são o capeta.

Sangue de Jesus tem poder, diz, em voz baixa e sem virar

o rosto, outra moça que arruma enlatados numa prateleira e que Adelaide ainda não tinha visto.

Adelaide pega o que der para o sustento por uns dias. Para ir se acomodando na casinha da Lapa.

Veio de férias? Sozinha?, a primeira moça pergunta enquanto a ajuda a guardar as coisas dentro da mochila, um quilo disto, um pacote daquilo, duzentos gramas daquilo outro.

Ah, não, eu não estou de férias (chega a dar uma risada curta). Só queria um lugar tranquilo onde pudesse ficar um tempo.

Ela sabe que vão querer mais informações. Não vai se safar tão facilmente.

Eu estava morando noutro país. Cheguei faz o quê?, dois dias.

Tá descansando um pouco, então.

É. Descansando um pouco, Adelaide confirma.

Sente-se nervosa, por um momento o desejo é largar as compras ali mesmo e ir embora correndo com a mochila vazia e sem maiores explicações, mas a outra pega uma tangente do assunto.

Tenho a impressão de que aqui é melhor, viu? Aqui no Brasil, quer dizer. O Brasil é o melhor país do mundo.

Como é que você sabe?, a outra, a dos enlatados na prateleira, pergunta, ainda sem virar o rosto.

Não, para falar a verdade eu não tenho como saber com certeza, é claro, diz a moça. Mas se eu algum dia tivesse condições de ir para outro país seria só para passear. A Espanha, por exemplo. Ver as touradas. Mas eu logo vinha embora. Como é que diz aquela música antiga? *Quem sai da terra natal em outros cantos não para.* Não é?

O olhar se volta para Adelaide, inquisitivo.

A música? Acho que é isso, Adelaide diz.

Mas é verdade? Isso que a música diz? Você que já morou lá fora.

Adelaide segura um pacote de arroz.

Como será que eu posso explicar? Eu olhava para as pessoas na rua e tinha a sensação de que todo mundo era diferente de mim.

A moça faz que sim com a cabeça.

É exatamente isso que eu estou querendo dizer. A gente precisa ficar entre os nossos.

Mas para ser honesta, Adelaide diz, o que importava mesmo para mim era o trabalho que eu estava fazendo lá. Mas já não estou mais fazendo esse trabalho e agora voltei, ela sorri e tenta arrematar a conversa.

Parece tudo meio enigmático e ela não quer parecer enigmática. A moça das touradas na Espanha levanta a mochila, avalia o peso.

Olha, eu mando a moto entregar. É melhor, está pesado.

Não precisa. Eu estou acostumada. Não é tanto chão assim.

A outra, de todo modo, lhe entrega um cartão com um nome — Bete — e um número de celular.

Pode ligar quando precisar de alguma coisa e a gente entrega.

Adelaide agradece. Ainda não sabe como se chama a moça dos enlatados na prateleira, devia ter perguntado mas não perguntou. Já está do lado de fora da mercearia mas volta, fala com Bete.

Então tá.

Então tá o quê?

Manda entregar. Vou incluir mais algumas coisas.

O raciocínio é que assim ela pode adiar a próxima ida à mercearia. Passa por algumas pessoas no caminho de volta à Lapa — assume o nome, que traz os ecos de uma Lapa querida e há tantos anos distante, no Centro do Rio. Lembra-se de uma amiga que a vida já despachou noutra direção e que morava num apartamento na Lapa, a Lapa do Rio. As duas se encontravam na altura dos vinte anos para conversar sobre assuntos tão diferentes dos de hoje, para ver filmes, para ouvir música e beber cerveja e pedir pizza e, numa ocasião, ficar alvoroçadas com o entregador de pizza que ambas, já embaladas pela cerveja, teriam gostado de convidar para entrar. Agora, a caminho dessa nova Lapa, as pessoas lhe dão bom-dia. É tudo muito discreto. As pessoas lhe dão bom-dia porque neste lugar as pessoas se dão bom-dia, ela sabe que é só isso. A mochila nas costas está vazia. Ela desvia das poças d'água que a chuva escavou nas estradas e caminhos de terra.

Bete falou das touradas na Espanha e isso não lhe passou despercebido, como também não lhe passou despercebido seu próprio silêncio. Fossem outros os tempos e ela teria feito algum comentário. Volta a pensar naquela ideia que a obceca, a violência, onde fica a violência, como brota, como se avoluma, como e por que em certos casos vira sinônimo de prazer na vida desta ou daquela pessoa ou de todo um coletivo (as touradas, por exemplo). Pensa num dos autores que ela e os outros ativistas estudaram, Gene Sharp. Lembra-se de que ele definia violência não como a expressão de opinião moral ou política mas como algo de ordem física, que por definição causa algum tipo de lesão ou chega mesmo, nos casos mais extremos, a provocar a morte. Sabotagem não é violência, sublinhava. Naquele espectro, o dos movimentos de resistência, que vai dos atos não violentos aos atos de violência, a sabotagem não está em nenhum dos dois extremos. Mas está mais *perto* da violência. Era o que Sharp dizia. Mais *perto* da violência.

Mais *perto* da violência. E quando é que você dá o passo definitivo, o passo que distingue estar *perto* de estar *dentro*?

vão todos à merda eu não vou dizer nada
se eu fosse você pensava muito bem no assunto
este é o telefone
caso você mude de ideia

Vários anos antes, no momento exato em que tudo começou, Adelaide estava sentada com George, o seu novo amigo estadunidense, num café na Calle Coahuila, Cidade do México. Faz mais de uma década.

Durante suas primeiras semanas de viagem, desde que havia deixado o Brasil para trás, os encontros com outras pessoas passavam feito paisagens, como se fossem especificidades locais. Conhecia um grupo aqui, alguém ali, compartilhavam uma refeição, um quarto de pousada daqueles com vários beliches, em que ela dormia abraçada à mochila ou com a mochila fazendo as vezes de travesseiro. Contavam uns aos outros frações de suas vidas, uma anedota ou outra, nada precisava compor uma narrativa maior. E algumas vezes essas historietas eram surpreendentemente íntimas, como se o grande anonimato da situação deixasse as pessoas livres para confissões que de outro modo pensariam duas vezes antes de fazer.

Em viagens assim, os aventureiros reconhecem uns aos outros, farejam-se de longe, era a impressão que Adelaide tinha. Em certos casos, sabem que estão mais ou menos perdidos. Ela estava perdida. Tinha trinta anos, acabava de largar um emprego satisfatório e um namorado adorável (para ser mais exata tinha sido largada por ele, mas não se enganava quanto ao que se encontrava na raiz daquilo) e estava andando em círculos, basicamente. Curiosa a ideia, em algum momento ela pensou, de estar avançando no mapa, deslocando-se, e no entanto sem sair do lugar.

Mas pode ser que seja outra coisa, disse-lhe uma mulher mais velha com quem conversou durante uma viagem de ônibus já não se lembra bem de onde para onde. Pode ser que essa impressão de estar andando em círculos, de não sair do lugar, seja só você juntando forças para alguma coisa que vem por aí. Adelaide queria continuar a conversa, mas a mulher pôs um par de fones nos ouvidos e fechou os olhos. Assunto encerrado.

Já George, o estadunidense que conheceu na Cidade do México após três semanas no país, vinha de um rompimento amoroso segundo ele bastante traumático. E às vezes, na tentativa de deixar para trás o buraco dentro do peito, recorre-se a todo tipo de mandinga e ritual, como partir numa viagem. Se possível atravessar uma fronteira, ele explicou. Você não deixa rigorosamente nada para trás, mas a ideia é correr mais rápido que a dor e a ausência e despistá-las. Despistar uma parte do próprio coração.

George estava contando uma prosaica história sobre os piolhos naquela tarde no café da Calle Coahuila. Numa de suas idas ao Brasil, onde passava temporadas, arranjou uma infestação renitente de piolhos. Recorreu aos xampus e sabonetes medicinais comprados em farmácia, ao vinagre velho de guerra, deixado no cabelo por algum tempo com uma touca de plástico por cima, ao pente-fino. Nada dava jeito — Adelaide imaginava que ele não tivesse tentado o Neocid da sua infância (e pensar que botavam aquilo nas crianças). Fizesse ele o que fizesse, os piolhos voltavam. A coisa se estendeu por meses até que ele regressou, como previsto, para sua casa no hemisfério Norte, onde o frio estava nos muitos graus abaixo de zero e a neve caía e ficava no chão sem derreter. Um dia, descobriu os piolhos todos esturricados em seu couro cabeludo por conta do frio e da secura. Que Adelaide não o levasse a mal, não estava comparando seu último amor a uma infestação de piolhos (ele riu). É que o troço, o amor, não passava, parecia um encosto, e quem sabe mudando a paisagem aquele amor caía esturricado também em alguma esquina. Mudava-se a lógica em torno dele e ele já não se encaixava mais ali.

Era um americano atípico. Havia estourado elegantemente sua bolha anglófona e falava cinco idiomas, entre os quais espanhol e português. E tinha muitos interesses diferentes. Um deles Adelaide estava prestes a conhecer naquele momento, quando foi dada a largada.

Os dois estavam sentados no café quando ele apresentou um casal de amigos, também estadunidenses, que acabava de entrar e vir cumprimentá-lo. Adelaide, é uma puta duma satisfação te apresentar às duas pessoas mais incríveis que eu conheço no mundo. Muito prazer, Sofia. Muito prazer, Santiago. George fez uma mesura.

À noite, abre a garrafinha de uísque em miniatura que Cida meteu num cantinho da mochila. A tia disse joga um golinho pro santo e pede ajuda. Pode beber o resto, se quiser.

Voltou a chover no cair da tarde. Ela sentia falta dessa chuva carregada.

Leu certa vez sobre o hábito da célebre primatologista Jane Goodall de beber um uísque toda noite, numa espécie de ritual que começou ao compartilhar a bebida com a mãe. As duas tinham ido juntas para a Tanzânia porque naqueles tempos as autoridades não deixavam uma mulher sair sozinha em expedição. Jane, então, levou a mãe junto. E contou que nos anos seguintes as duas sempre bebiam um uísque às sete da noite de seus respectivos fusos horários, como uma maneira de estar juntas. Depois que a mãe morreu, Jane passou a brindar às nuvens.

Adelaide gosta da ideia, mas ela própria já não está mais acostumada a beber. Sua mãe, diga-se de passagem, era abstêmia. Quase abstêmia: as visitas do padre Aleixo incluíam um golinho de licor caseiro comprado especialmente para ele, licor de romã, de pera, de abacaxi. Faziam um brinde. Às bênçãos do mundo.

Senta-se no chão da varanda para ver a chuva caindo sobre a Mantiqueira. Quando tinha crescido o suficiente para não se esconder mais debaixo da cama nas aparições do padre Aleixo (inclusive porque ele já havia morrido), ela escorregou para dentro da pele de uma adolescente pontual, assídua, responsável, muito pouco rebelde. Os hormônios a tomaram de assalto como se fossem inimigos, a ponto de ela sentir saudade dos tempos em que ainda cabia confortavelmente debaixo da cama na urgência de fugir. Inchou feito um balão de aniversário, depois desinchou tanto que as pessoas perguntavam se não estaria doente. O médico prescreveu um fortificante que, claro, ela nunca tomou. Mas fora um ou outro pequeno gesto de insubmissão, o máximo da indisciplina estava em ouvir música alta no quarto. Mesmo assim abaixava se o pai ou a mãe pedissem. Fervia água de manhã e passava um café, que já então tomava sem açúcar. Era a primeira a acordar. Saía a pé para a escola às dez para as sete. Lembra-se com tanta nitidez. Não era uma adolescente com raiva. Às vezes um pouco perplexa, comumente retraída, mas não com raiva.

Era a melhor da turma em matemática e física. Tolerava química. Detestava gramática e aquelas orações subordinadas adjetivas restritivas. Aprendeu a tocar uns acordes no violão. A lógica da música lhe agradava. Ao afinar o violão, ela praticamente podia ver as ondas sonoras, a passagem sutil entre o que seu ouvido considerava dissonante e o que considerava consonante. Isso a impressionava.

Começou a levar o instrumento para a escola. Na hora do recreio, enquanto meninos e meninas mais desenvoltos jogavam vôlei, ela ia para a sombra da jaqueira junto com um punhado de outros separatistas. Aprendeu a fumar e a beber por essa época, mas a bem da verdade não gostava dos cigarros, só comprou alguns maços enquanto serviram ao que supunha ser uma espécie de rito de passagem. Uma aluna mais velha mencionava drogas de forma velada e Adelaide aprendeu a identificar essas formas veladas e depois as explícitas. Mas sem grande afinco. Numa festa, já no primeiro ano de faculdade, viu um colega com o nariz branco de cocaína subir na mesa e explicar a todos, usando como megafone uma garrafa de Conhaque de Alcatrão São João da Barra, o sentido da vida. Adelaide não se convenceu, depois pensou se não seria moralismo da sua parte.

Ainda na escola, em algum momento se viu envolvida numa campanha mais ou menos espontânea para boicotar uma aula de biologia em que dissecariam uma rã para fins de estudo. O argumento era óbvio: já estava tudo nos livros, outros já haviam matado incontáveis rãs para estudá-las, qual o sentido de matar mais uma.

O protesto brotou assim, sem que ninguém soubesse muito bem quem havia começado. Mas a campanha deu certo, talvez menos por uma preocupação honesta dos estudantes com a vida e o bem-estar das rãs do que por uma vontade de peitar a instituição, qualquer instituição, pelo motivo que fosse.

Dois desses estudantes foram suspensos semanas depois por estourar uma bombinha de festa junina numa lata de lixo da escola. Os pais foram chamados para conversar com a diretora. Adelaide não gostou, resolveu chamar a atenção dos colegas, embora ninguém a tivesse eleito porta-voz de nada.

Dá pra entender que nós, ativistas (primeira vez que ela usava a palavra), precisamos ter um comportamento exemplar? Nós não somos ativistas, eles disseram, vai à merda.

Naquele ano, a Monsanto desenvolvia uma variedade de soja resistente ao glifosato. A Inglaterra colocava pela primeira vez nas prateleiras dos mercados um alimento geneticamente modificado: o purê de tomate da Zeneca. O telescópio Hubble fazia as primeiras fotos da superfície de Plutão. A doença da vaca louca. Spice Girls. Hotmail.

Adelaide e os pais moravam no subúrbio carioca de Água Santa. Sua mãe ainda com saúde, seu pai ainda negociando o mundo com a lucidez incisiva de um jogador de xadrez. Que, ademais, ele era: um bom jogador de xadrez, reunindo-se toda tarde de sábado para algumas partidas com os colegas do banco no Piedade Tênis Clube (*A maior concentração de famílias do subúrbio carioca... O sentimento nunca morre!*).

Pai, você me reconhece, se eu me esforçar bastante, será que você me reconhece? Sou Adelaide, você me ensinou a nadar na piscina do Piedade Tênis Clube, lembra? Adelaide, que era bamba em matemática, lembra?

O pai sentia um orgulho imenso por ter uma filha bamba em matemática. Achava que isso certamente — certamente — tinha a ver com a excelência dos genes herdados dele. A comida na mesa de casa era boa, o uniforme escolar estava sempre limpo, passado a ferro e cheiroso do sabonete que ficava aberto no fundo do armário. A mãe cuidava de todas essas coisas.

Onde estava, nos tempos de Água Santa, a Adelaide que viria depois? Será que a Adelaide futura estava prevista? Naquela rã que escapou de ser dissecada em sua sala para logo ser dissecada em outra?

Os animais.

Quando Adelaide era criança, alguém passou vendendo uma ninhada de cachorros numa gaiola. Seus pais compraram um filhote. Ela não se lembra exatamente qual a raça do bicho. Era um cachorro pequeno e peludo, de uma dessas raças de cães de companhia. Pediram que Adelaide desse o nome e ela escolheu Popeye. O pai torceu o nariz. Queria chamá-lo de Kaspárov, mas o bicho tinha ainda menos cara de Kaspárov que de Popeye. Foi educado da seguinte maneira para não sujar a casa: se urinava no chão, a mãe vinha, dava uma chinelada nele e esfregava seu focinho na urina. Era a pedagogia da época. Popeye morreu aos onze anos, cego, diabético e trancado num banheiro a maior parte do tempo, porque também tinha perdido o controle da bexiga. A porta do banheiro ficou toda arranhada por dentro e demorou bastante tempo até mandarem lixar e pintar depois que ele morreu sozinho, uma noite, de ataque cardíaco.

Quando Adelaide era criança, ganhou um pintinho na escola. Levou para casa. Quando ele começou a crescer e virar um frango dentro do apartamento, sua mãe deu para uma costureira conhecida que morava numa casa com quintal. Adelaide já tinha se apegado ao bicho. Antes de levá-lo, a costureira disse junto à sua orelha, para que só ela ouvisse: vou fazer uma bela duma canja com ele.

Ela se lembra de quando, já nos Estados Unidos da América, viu aquele ativista falando num documentário. Chamava--se Daniel McGowan. Foi entrevistado em prisão domiciliar. Usava uma camiseta com o retrato de George W. Bush e as palavras *international terrorist*.

Daniel McGowan fazia pós-graduação em acupuntura e trabalhava numa ONG que oferecia assistência jurídica a mulheres em situação de risco. Embora nunca tivesse ferido ninguém, foi detido como terrorista doméstico pelo governo estadunidense por suas atividades com a Earth Liberation Front. Corria o risco de pegar prisão perpétua e mais trezentos e trinta e cinco anos se não aceitasse colaborar. Prisão perpétua mais alguma coisa, Adelaide pensou, à época. Como se a lei manipulasse até as nossas noções de infinitude. Para sempre e mais um dia sem a poesia dos apaixonados.

Agora, na Mantiqueira, ela joga um golinho de uísque pro santo e bebe outro golinho e se lembra das palavras daquele ativista: a partir do momento em que a venda foi retirada dos seus olhos e ele viu a realidade do que acontecia ao seu redor, a partir dali foi como viver em luto permanente.

Ela volta a pensar no artigo sobre o tigre-de-bengala. Ficou fascinada quando o leu, tantos anos atrás. Sobretudo pelos parágrafos iniciais, que contavam a história daquele encontro de um homem, Phani Gayen, com um tigre-de-bengala numa floresta indiana. Os ferimentos sofridos por Gayen o deixaram hospitalizado por três meses. Habituado a repetir muitas vezes a história, ele disse à jornalista que já não tinha mais medo do tigre. Mas evitava entrar na floresta.

Parados em frente à varanda estão Gil e um homem que Adelaide supõe ser o pai dele: Rai, o dono da casa. Ele exclama um bom-dia, cortês o suficiente para não se aproximar sem ser convidado. Ela ajeita o cabelo e calça o chinelo. É de manhã. A chegada de visitas é algo que ela estranha. Quase uma intromissão. Apesar disso, o que o homem faz é se desculpar por não ter aparecido antes. Naturalmente, eles ocupam dois universos superpostos porém distintos.

Ela se aproxima, mas não estende a mão. Seus braços estão embrulhando o próprio corpo, o sol ainda não deu conta de esquentar estas bandas do mundo.

Eu estava com a corda no pescoço esses últimos dias, tinha um trabalho para entregar ontem, ele explica. Uma cristaleira. Mas queria saber se está tudo do seu agrado na casa, tudo funcionando direitinho. O chuveiro elétrico, aliás, eu mandei trocar semana passada.

Adelaide sente-se grata por ter encontrado a casa do Rai, por ter podido alugá-la. Tudo do seu agrado. Tudo funcionando direitinho. Pensa na cortesia: sim, a cortesia é uma boa ideia. Neste momento, ela não sabe muito bem como fazer, que forma de cortesia usar.

Acabei de assar um bolo de fubá, vocês não querem tomar um café?

O menino já vai entrando, mas o pai faz um gesto com a mão.

Não, por favor, Adelaide diz. Podem entrar.

Existem talvez alguns códigos que todo mundo entende. Oferecer um café, um doce. Algo para a boca e para o estômago. Ela se lembra de um documentário sobre os chimpanzés. O alfa e os seus asseclas, embora não precisassem de carne para sobreviver, às vezes caçavam um macaco daqueles que corriam pelas copas das árvores. Compartilhar a carne da caça com os outros tinha uma profunda carga de significado. O alfa se recusava a compartilhá-la com o rival, por exemplo, e mostrava os dentes quando este se aproximava. O rival se afastava, cabisbaixo, mas chegaria o momento em que seria ele a ocupar aquele lugar. Em que ele decidiria quem podia comer da carne ou não.

Os três se sentam à mesa, ela traz xícaras e colheres, a garrafa térmica, o bolo ainda quente, o açúcar. Na cozinha, ao lado da pia, estão espalhados o pacote de fubá, o pacote de farinha de trigo, o óleo, a erva-doce. Ela se lembra de guardar o fermento e o leite de coco na geladeira. Já está ocupando a cozinha com alguma desenvoltura, o que é um bom sinal.

Agora já tem açúcar, ela diz a Gil.

Não sabe o que fazer para puxar assunto. Numa mesa de refeitório ela poderia comer em silêncio olhando para a própria comida. Para a cenoura e o purê de batatas e o pãozinho e o tablete de margarina e a folha de alface e o macarrão e o suco que era um daqueles sucos de saquinho bastante diluído. Engordou oito quilos enquanto esteve presa, de tanto carboidrato que meteu dentro do corpo. Mas Rai vem em seu socorro e começa a puxar assunto. Conta que é marceneiro. Aquela cama que está ali no quarto, onde agora Adelaide está dormindo, foi ele quem fez. Abaixa o rosto para mexer o café na xícara e Adelaide repara que ele tem o cabelo até parecido com o dela, só menos encaracolado e mais pesado, chegando à altura do queixo. Repara nas mãos quadradas. Para olhos desavisados, poderiam ser irmãos, até. Ela repara nessas coisas e nota que está reparando nessas coisas.

Falam do tempo. Das chuvas. Adelaide diz que está de volta ao Brasil depois de muitos anos morando fora e precisa botar as ideias no lugar, planejar o que vem em seguida. O que ela faz? Informática, é o que sempre diz para resumir, deixando as pessoas com a falsa impressão de que entende das máquinas, do hardware. Também já deu aulas de matemática por uns tempos, acrescenta, para ajudar com as contas na época em que estava na faculdade. Família? Só o pai e uma tia, no Rio de Janeiro. Adelaide acha que deve ser suficiente para alimentar a rede local de fofocas por uns tempos.

Rai não tem rigorosamente nada a ver com Santiago, mas por algum motivo faz com que Adelaide pense em seu antigo amigo e companheiro de briga, com quem perdeu o contato. Quando conheceu Santiago, ele parecia estar numa espécie de cumeeira da vida. A crista daqueles trinta e poucos anos. A própria Adelaide estava quase chegando lá naquela época, mas tinha impressão de que subia devagar e ofegante uma encosta enquanto Santiago já estava acomodado lá em cima, descansando e comendo sanduíches enquanto contemplava a vista e esperava pelos outros, os retardatários, tão fora de forma, tão mais lentos do que ele.

Rai deve ter mais ou menos essa idade: uns trinta e poucos. Dobradiça entre o ímpeto quase pirracento da mocidade e o momento em que as estruturas vão talvez se solidificando — ossos não raro meio fora do lugar, ela pensa. Feito o anular quebrado da sua mão esquerda. Pode ser que não seja nada disso. De todo modo, Santiago brilhava quando se conheceram. Rai, num certo sentido, parece brilhar também. Mas talvez seja só porque tenha esse sorriso acolhedor e essas mãos quadradas e faça tempo demais que não aparece um homem interessante.

Escuta, ela diz. Você sabe onde posso arranjar uma bicicleta?

Você não tem carro, ele diz.

É, não tenho. Eu acabei mesmo de chegar no país, faz poucos dias, não deu nem para pensar ainda na possibilidade de ter um carro. E depois minha carteira está vencida faz tanto tempo, vou ter que passar por aquele périplo todo de novo, só de pensar desanima.

Ela diz essas coisas com um riso quase nervoso, não sabe por que está dando tantas explicações. Por serem inofensivas, talvez. É boa a sensação de desatar a língua para falar de carros, bicicletas e carteiras de motorista.

Ele diz que vai se informar sobre a bicicleta. Diz também que se Adelaide precisar ele pode trazer ovos frescos e mandar matar uma galinha ou um coelho, é só dizer. Também tem como conseguir carne de rã, se ela quiser.

A última vez em que esteve com um homem interessante foi com Montenegro. Aquela noite na festa, quando Sofia estava esfuziante. Adelaide se lembra bem desse detalhe porque era raro vê-la assim. Parecia uma guerrilheira que tinha deixado as armas junto à porta de entrada para se esquecer de tudo por algumas horas. Mesmo que o inimigo estivesse fechando o cerco ao redor. Mesmo assim, puta merda, a pessoa às vezes tem o direito, tem a necessidade de descansar as armas do lado de fora e dançar um pouco, e cantar um pouco.

Querida Sofia. Ela dançava, cantava e tinha um sorriso nos olhos, os seus olhos pretos, grandes, vigilantes. Era como se a festa interrompesse o tempo, espécie de folia carnavalesca, e era só para dançar, comer, beber, celebrar o celebrável e a vida. *L'chaim*, Isaac exclamava a cada dez minutos.

Montenegro, brasileiro assim como Adelaide em meio aos norte-americanos, gostava de samba de gafieira. Pôs um disco para tocar.

Agora você vem dançar comigo, ele disse.

Não, eu não sei dançar direito.

Claro que sabe. É brasileira, não é? Então sabe.

Ela achou graça. A arrogância, a inverdade. Mas Montenegro a enlaçou pela cintura e puxou para mais perto. A barba curta roçou seu rosto. Samba vai, samba vem, dali a pouco nada mais existia além da sensação das coxas se encontrando e do hálito dele quando os rostos se aproximavam. Havia uma dança dentro da dança e dessa, sim, ela achava que dava conta.

O romance durou três dias. Depois disso, Montenegro embarcou com o pessoal do Sea Shepherd no MY *Steve Irwin* para caçar baleeiros japoneses. Ele tinha os próprios caminhos. Não coincidiam com os caminhos do restante do grupo, com os passos seguintes do restante do grupo — aquele incêndio longamente planejado no laboratório novo em folha que ainda nem tinha começado a operar, mas onde eles já sabiam o que ia acontecer, porque era o que acontecia em incontáveis outros. Os animais.

Fazia sentido que Montenegro fosse para o mar, Adelaide achava. Sempre tinha pensado nele como uma espécie de pirata. Ele fazia as próprias regras. Mas a festa era para todos: para que tivessem sorte, que fossem coroados de êxito, que uma boa estrela os acompanhasse.

Adelaide não sabe o que foi feito dele. Daquele dançarino que tinha um jeito de beijá-la no canto dos lábios e ficar respirando ali, boca entreaberta, como se nada mais tivesse pressa de acontecer no mundo. E ela descia a mão pelas costas dele e perdia um pouco a noção das coisas.

Combinaram de se reencontrar mais adiante, dali a um tempo, alguns meses, talvez, o que ambos sabiam que não ia acontecer.

Mas ela volta ao princípio. De tudo. No princípio era o escuro. Uma mulher então surgiu por conta própria. Foi uma narrativa que Adelaide ouviu contarem certa vez. Essa mulher era a avó do mundo e se chamava Yebá Buró. Ela pensou a existência. São os povos do rio Negro que contam essa narrativa da origem da vida. A bordo da canoa de transformação, que era o corpo de uma imensa serpente cósmica, estava a gente-peixe, liderada pelo deus da terra. Todas as travessias precisavam de gestos mágicos.

O que Adelaide não daria por um gesto mágico radical, desfazer o que não tem como ser desfeito, trazer Sofia de volta. Não importam os três anos que passou numa penitenciária federal em West Virginia, estado onde antes disso nunca tinha posto os pés, estado que antes disso nem saberia localizar com precisão no mapa. Os três anos importam, é claro. Foram três anos da sua vida. Mas o gesto mágico que ela gostaria de executar não é para recuperar esses três anos: é para trazer Sofia de volta.

Ao que tudo indica, porém, a travessia terá de ser de outra ordem. Terá de ser a travessia desse passado assombroso para o presente que agora ela ocupa, o corpo que ela ocupa neste presente, a vida que se reorganiza em torno desse corpo. E como é que essa vida vai voltar a transitar pelas outras ao seu redor.

Para realizar essa travessia, ela precisa também de coisas mais simples. Pagar as suas contas. Trabalhar. O dinheiro que a tia lhe deu não vai durar muito tempo. E pensar que a tia ainda mandou algum dinheiro mesmo depois de quitar sua dívida com a Justiça dos Estados Unidos. Foi um milagre que a restituição estipulada pela corte no seu caso não tenha chegado nem perto dos quase dois milhões de dólares que determinou que Daniel McGowan pagasse no célebre caso que virou documentário. Fosse a sua situação remotamente parecida com a dele, Adelaide estaria ferrada para sempre.

Mas é que ela era, também, café-pequeno. Ainda assim, sabe que para quitar a dívida Cida raspou todas as economias de uma vida e pôs à venda o apartamento do irmão em Água Santa — ele já estava morando com ela, mas mesmo assim. O aluguel de Água Santa era uma ajuda que eles recebiam, todo mês, complementando a aposentadoria. Adelaide disse um dia vou te pagar por tudo isso. E Cida disse está bem. Mas Adelaide sabia que ela não esperava pagamento, que o está bem era só para encurtar uma conversa que não interessava a nenhuma das duas. O constrangimento de uma era real, o constrangimento que a outra sentia diante daquele constrangimento também.

O que fazer por aqui com as suas credenciais? Aqui, de imediato — digamos, amanhã? Ajudava o avô na marcenaria por diversão, muitos anos antes. Também trabalhou na marcenaria da penitenciária. Talvez possa ajudar o dono da casa, Rai, aquele das mãos quadradas, e talvez ele possa lhe pagar alguma coisa como assistente, dar um desconto no aluguel? É uma possibilidade, não? Ou talvez só esteja querendo motivo para voltar a pensar nele. Um diabo de um pai de família.

No princípio era o escuro. Uma mulher então surgiu por conta própria. Ela acende a luz do banheiro, tira a roupa, abre o chuveiro elétrico. A privacidade e o silêncio ainda surpreendem e comovem. Tudo era ruído na prisão, ruído o tempo todo. E a privacidade era inexistente. A água esquenta, já pôde constatar — com alívio, porque sabe que neste lugar, com a chegada do inverno, a água quente será uma bênção. A lagartixa não está mais ali, mas foi vista à tardinha no teto da varanda (seria a mesma?), imóvel, à espreita de insetos. Adelaide lava o cabelo, ensaboa o corpo, o pescoço, os braços, passa os dedos entre as pernas e é bom, bom de um jeito tranquilo e silencioso.

Quando era pequena, ela se lembra, uma vez estava no quarto vendo TV com a mão distraidamente entre as pernas. A mãe passou, viu, disse tira essa mão daí. Adelaide atribui a esse acontecimento o fato de só ter sentido liberdade com o próprio corpo e tido seu primeiro orgasmo aos dezessete anos de idade, uns dois anos depois de começar a vida sexual. E mesmo assim a abordagem foi científica. Ela se perguntou o que será isso de orgasmo, como se consegue um desses. Pensou nos caras, em como eles faziam. Envolviam o pau com a mão e mexiam para cima e para baixo, era tiro e queda. O negócio, então, parecia estar na fricção. Experimentou fazer algo mais ou menos similar com os dedos. Funcionou. Passou os dias seguintes fascinada não só com a sensação do orgasmo mas com sua autonomia para atingi-lo. A qualquer momento do dia era capaz de parar o que estivesse fazendo e ir lá experimentar de novo. Até no banheiro da escola, no meio de uma aula chatíssima. Depois voltava para a sala com uma expressão fulgurante no rosto, os vocativos e apostos ficavam bem mais toleráveis. Ela pensa nisso e parece tão esdrúxulo que tenha ganhado intimidade com o próprio corpo e com o próprio prazer pensando na mecânica do corpo masculino.

Volta a se lembrar de Montenegro. Por onde ele andará, por que mares, caçando que baleeiros, ou então fazendo o quê? Estará preso? Muitos estão presos, muitos foram presos e depois soltos e depois presos e soltos de novo. Já para os que tiveram a categoria de terrorista adicionada à sentença, o que a promotoria recomendou com veemência que a corte fizesse em todos os casos, a coisa foi diferente.

Adelaide e Montenegro foram muito felizes por três dias, tantos anos faz. Naquela época, ela, Sofia, Santiago, George e os outros (Karen e Isaac, basicamente) já tinham um currículo extenso, conheciam bem a polícia de algumas cidades, conheciam o spray de pimenta, o gás lacrimogêneo, as granadas de concussão, já tinham se metido em encrencas e saído delas sem consequências graves. Em algum momento começaram a ficar mais sofisticados. Mais ousados. Talvez houvesse formas de sabotagem mais eficazes.

Santiago era o líder natural de um grupo que não gostava de pensar em termos de líderes e seguidores mas que voltava em uníssono os olhos para ele quando algum problema se apresentava. Adelaide sabia, porém, que o pensamento por trás de tudo o que faziam não era dele, mas sim de Sofia. Não por acaso o codinome dela, escolhido pelo grupo, era Alice, enquanto Santiago era somente o Coelho Branco — aquele que passava com o relógio de algibeira em punho exclamando é tarde é tarde é tarde.

Àquela altura, Adelaide (a Falsa Tartaruga) e George (o Chapeleiro Louco) estavam casados no papel para que ela pudesse residir legalmente nos Estados Unidos. Moravam juntos em quartos separados numa casa num subúrbio de Boulder, Colorado, cidade da qual George não gostava. *Too white, too rich and too cool*, ele dizia. Nem ele nem Adelaide eram nenhuma dessas três coisas, nem brancos, nem ricos, nem particularmente bacanas. Vá lá, bacanas talvez fossem, pelas sabotagens, pelos sucessos que já computavam, pelas vitórias que já haviam celebrado e os recados que já tinham mandado. Na primeira vez em que foi presa, quando ainda se limitavam a se acorrentar aos lugares e atrapalhar o trânsito, ela sorria de orelha a orelha na fotografia ao ser fichada.

Mas qualquer hora a gente vai embora daqui, ele dizia.

Adelaide achava graça no plural do amigo gay que não dormia com ela — isso era algo que ela faria de bom grado, e certa vez chegou a ter um sonho intensamente erótico com ele mas nunca teve coragem de lhe contar.

Qualquer hora a gente vai embora para o Brasil, que tal? Não se iluda, eu não me casei com você para te dar os documentos daqui não. Foi para conseguir os documentos de lá.

E Adelaide achava que talvez fosse verdade.

Tem muita coisa para fazer no Brasil, George dizia.

Tem muita coisa para fazer aqui também, Adelaide dizia. Não é o que os outros acham? Que as pessoas prestam mais atenção no que acontece aqui?

E ele suspirava e dizia às vezes acho que este país é um caso perdido.

No Rio, a mãe dela adoeceu e morreu. Foi súbito e Adelaide sempre se dizia que não tinha como saber, que não tinha como saber. Começou como uma coisinha de nada e dois meses depois, pronto. Ninguém poderia imaginar ou prever. Adelaide tirou uma semana de licença no novo trabalho e voou para o Rio, mas de que adiantava, ela se perguntava, chegar *depois*? Reparar o irreparável? O pai foi se apagando aos poucos, senilizando-se sem a menor poesia e nenhuma filosofia. Um recanto inconfessável do pensamento de Adelaide algumas vezes chegou a cogitar: pelo menos a senilidade permitiu que ele não registrasse o que acabou acontecendo com a filha única. Em cana. Lá no meio dos gringos. Quem sai da terra natal. Sou Adelaide, você me ensinou a nadar na piscina do Piedade Tênis Clube, lembra? Adelaide, que era bamba em matemática, lembra?

Visitou-os vezes de menos ao longo da última década e meia. Numa das visitas, levou George. A mãe a puxou para o canto em determinado momento e disse mas você se casou com um rapaz gay. Por que você acha que ele é gay?, Adelaide perguntou, e a mãe disse ele tem esse jeitinho. E Adelaide riu e respondeu é o jeitinho dele.

Visitou-os vezes de menos. Numa ocasião a mãe disse você só pensa em você. E depois a mãe adoeceu e morreu e foi súbito demais e Adelaide não pôde mais retrucar, conversar, explicar, argumentar, não pôde mais discutir, ficar furiosa, vê--la chorar, vê-la ficar furiosa, não pôde mais pedir desculpas, desculpar, abraçá-la, ser abraçada por ela, ir embora aliviada e dilacerada por ir embora, seguir com a vida pela qual optava conscientemente todas as vezes. Adelaide completou quarenta anos na prisão. A mãe não teve tempo de ver isso acontecer. O pai não entendeu que isso acontecia.

Adelaide se olha no espelho depois do banho e se lembra de quando uma amiga na prisão a maquiava. Era algo que gostavam de fazer, maquiar-se, sobretudo quando o dia estava sendo difícil. Aquilo ajudava, de algum modo. Adelaide não dominava muito bem a técnica, mas fez amigas ali que gostavam de maquiar as outras. Às vezes uma dessas amigas, que respondia pelo nome de Kennedy e era a melhor maquiadora entre as cento e cinquenta mulheres do seu pavilhão, fazia em Adelaide aqueles olhos de gato, esfumados, como se ela fosse uma musa alternativa de cinema noir. Felizmente Kennedy já tinha sua Marilyn e as duas cuidavam uma da outra e das suas protegidas. Adelaide era uma das protegidas. Kennedy gostava de bichos, ela dizia, e apreciava o fato de que Adelaide tinha posto fogo num laboratório de pesquisa.

Espero que ponha fogo em outro algum dia, ela dizia, em seu inglês com sotaque de Boston.

Kennedy sabia de tudo o que Adelaide havia feito. Não tecia julgamento.

Cada uma faz o que pode, ela disse. E não tocou mais no assunto.

Os pais de Adelaide nunca saíram de Água Santa enquanto a mãe estava viva. Quanto a Adelaide, conseguiu uma posição como desenvolvedora de software lá fora, entre os gringos, na Universidade do Colorado, assim que conseguiu os papéis ao se casar com George. Mas não era isso o que realmente contava. O que fazia junto com Santiago, Sofia, George e os outros, isso era o que contava.

Nossa filha trabalha numa universidade no estrangeiro, seus pais diziam. Vago orgulho, a ausência da filha única. E o estrangeiro, aquela categoria obscura, aquela massa amorfa. Fora do Brasil tudo era o estrangeiro, pouco importava se Argentina ou Japão. Não podia trabalhar aqui mesmo? Tem computadores no Brasil também, não tem? Não podia ao menos visitar mais vezes? Você só pensa em você.

A primeira mulher desfaz a luz. Deita-se na cama, no escuro. Deita-se imóvel na cama enquanto seus olhos se acostumam com o escuro. Está deitada numa cama feita por um marceneiro chamado Rai, pai de um menino chamado Gil, a quem contou uma história lida numa revista sobre o encontro de um homem com um tigre-de-bengala.

Tudo recomeça. O início do universo, há quinze bilhões de anos.

A singularidade. E então a explosão. As primeiras nuvens de poeira cósmica formadas pelos primeiros átomos de hidrogênio. As galáxias, a primeira geração de estrelas. Os elementos químicos mais pesados formados pela fusão nuclear dos átomos de hidrogênio no coração dessas estrelas. As nebulosas. Os sistemas planetários. O Sistema Solar. A Terra. Agregados de moléculas orgânicas. A Terra que esfria e sua crosta que se solidifica. Água. Moléculas mais complexas formadas por carbono, hidrogênio, oxigênio, nitrogênio e enxofre. O impacto que originou a Lua e a força gravitacional do satélite que dá estabilidade ao eixo da Terra. As marés. Os vulcões. Biomoléculas. A primeira célula viva. A química que se transforma em biologia, um professor disse uma vez.

A singularidade. E a intimidade do próprio corpo. Ela passa as mãos pelos seios, roça de leve a ponta dos dedos nos bicos. Sente o volume dos próprios seios, a textura da pele, a densidade dos tecidos por baixo, gordura, glândula, músculo. Química, biologia e a abstração do prazer.

Roçar a ponta dos dedos. Descer as mãos pela barriga, afastar um pouco as pernas, imprimir a pressão que já conhece, fazer o movimento que já conhece.

A singularidade. E não vai comparar o gozo a uma explosão, não, ele é muito mais sofisticado e sutil. É algo que se apodera do seu corpo inteiro, é algo que agarra suas coxas com mãos invisíveis de dentro para fora, que trepa pela sua barriga de dentro para fora e pelos braços e pelo pescoço. Que se estampa nas feições do seu rosto, no modo como as pálpebras se apertam e a boca se entreabre e o gemido vem — às vezes alto, como agora, às vezes a boca se escancara e o gemido é um grito, um lamento, uma súplica, às vezes é um insulto, uma blasfêmia, uma agressão.

Sofia vinha de família rica. Havia rodado o mundo, estudado em boas escolas, tinha uma cultura sofisticada cuja principal marca, Adelaide achava, estava em não ostentar nada disso. Ela se dissolvia em qualquer grupo em que estivesse — mesmo seu corpo, pequeno, parecia colaborar para isso —, mas para um olhar atento existia uma diferença quase elemental.

A verdade, como foi ficando claro para Adelaide, era que Sofia não se sentia lá muito bem em grupo nenhum, ainda que parecesse, feito uma diplomata experiente, ajustar-se a todos eles. Isso ficou evidente numa das primeiras vezes em que saíram juntas, só as duas, depois daquele encontro na Cidade do México. E, num certo sentido, aumentou a admiração de Adelaide: Sofia estava o tempo todo a trabalho.

George tinha convencido sua nova amiga brasileira a dar um pulo naquele país mais ao norte, o dele, só para testar a temperatura da água, ver o que ela achava. Ver como se sentia. Já tinham tido algumas conversas importantes, ela e ele. A bordo de algumas doses daquele mescal que ele disse que ela não podia morrer sem ter provado (*cuatro magueyes*, ele disse, *agave espadín, cerrudo, blanco y madrecuishe*, e ela não tinha a menor ideia do que se tratava), Adelaide havia falado do seu ponto de não retorno, a inocente visita àquele galpão das chinchilas na serra de Teresópolis, em seu país natal. George decidiu recrutá-la. Disse isso com todas as letras naquela noite na Colonia Roma, CDMX: vou recrutar você. Ela não respondeu nada, sorriu, sentiu-se importante, achou que talvez estivesse prestes a encontrar seu lugar no mundo e pediu mais uma dose de mescal porque o diabo da bebida parecia mesmo evaporar em sua boca.

Um mês depois, desembarcava com um visto de turista no Colorado, um pouco perturbada pelo fato de estar se distanciando cada vez mais de casa, e um pouco perturbada ao ver como aquele país vizinho da América Latina podia ser tão diferente do que ficava ao sul das suas fronteiras. E ainda assim se autointitular América — a Grande Sinédoque, o todo pela parte, George disse uma vez.

Sofia e Santiago a convidaram para se hospedar com eles naqueles primeiros tempos. Tinham um quarto extra. E Sofia levava Adelaide para conhecer os arredores, as trilhas nas montanhas. Uma sala de cinema, o mercado preferido. E era sempre aquela mulher adequada, discreta, que dizia as palavras corretas no tom de voz correto e, no entanto, se descolava ligeiramente da realidade ao redor.

Até que as duas foram visitar o santuário de animais resgatados de fazendas. Ficava a pouco mais de uma hora de carro, indo na direção da extensa planície a leste das Rochosas.

Ali, Sofia pareceu afinal baixar as defesas — deixar as armas do lado de fora, como naquela festa, anos depois. Ela já saiu do carro quase correndo, feito uma criança, tomada pela alegria. Conhecia todos os animais, muitos pelo nome. As cabras, as ovelhas, as arredias lhamas. As galinhas que no primeiro dia não sabiam ser possível sair, pela manhã, do celeiro onde passaram a noite. O boi que tinha nascido sem os dois olhos, o galo que protegia as galinhas mais velhas, os porcos imensos — a fêmea uma verdadeira lady de duzentos quilos, comendo laranjas inteiras como quem beliscasse petits-fours no chá da tarde.

Adelaide entendeu que Sofia também era amiga de velhos tempos das pessoas que cuidavam dos animais — o casal que havia criado aquele lugar no fim dos anos 1990 e os voluntários que apareciam diariamente para ajudá-los, trazendo sobras de legumes, frutas e verduras refugadas pelos supermercados. Sofia foi apresentar Adelaide ao boi que não tinha os olhos. Chamava-se Lucas. Adelaide se aproximou e estendeu a mão com a palma para cima, e assim os dois se cumprimentaram, a mão dela estendida, ele aproximando o enorme focinho e lambendo com a língua grossa.

Dá uma maçã pra ele, Sofia sugeriu. Sorrindo, pela primeira vez plenamente feliz desde que as duas tinham se conhecido.

Sofia. Sofia é um buraco em seu coração.

A serra da Mantiqueira tem a característica peculiar dessas pedras trincadas por onde a água se infiltra com facilidade. Aquífero fraturado, nas palavras dos especialistas. E a degradação. Economia que cresce, terras agrícolas que se expandem. Dez por cento de Mata Atlântica que sobrevive no bioma mais ameaçado do mundo. Os animais dali: lobo-guará paca inhambu jaçanã papagaio-de-peito-roxo veado-campeiro araponga onça-parda sapo-flamenguinho muriqui jaguatirica maritaca tucano canário — Adelaide leu também sobre as borboletas. Vinte das cinquenta e cinco espécies ameaçadas de extinção no Brasil vivendo ali. Populações frágeis e reduzidas, o artigo dizia.

Um dia, quando era pequena, ela viu as borboletas-amarelas. Estava na casa do avô materno, que morava na roça, para os lados de Cordeiro.

Aprendeu que algo acontecia quando estava sozinha. No princípio era o escuro. Algo acontecia quando não havia as vozes dos seus primos e tios e pais e avós, quando ela mergulhava no rio barrento e tudo submergia no cochicho da água. E o que a água tinha a dizer era uma subtração de tudo o que era dito ao seu redor. Então ela entendeu que para pensar com clareza era bom estar sozinha. Era essencial, talvez, estar sozinha.

Começou a fazer passeios que eram como peregrinações. Encontrou um lugar aonde chegava se descesse pelo caminho da casa dos avós e ladeasse o paiol e fosse na direção da casa do seu Jessé (ele amansava cavalos e morava num casebre de um cômodo só). Chegando lá, tomava a estradinha esburacada por onde quase ninguém transitava e seguia até a beira da mata. Havia um passador ali, numa cerca de arame farpado. Ela se espremia pelo passador e se arranhava nas pontas do arame farpado e chegava numa pequena clareira.

No princípio era o escuro e a mulher surgiu por conta própria, sozinha, e abriu uma clareira: poderia ter sido assim. A mulher era uma menina. A clareira pertencia a ela, era o seu pequeno santuário. E ela se perguntava por quê: por que eu olho ao redor e sinto o cheiro das coisas ao redor e sinto a terra e as pedras e o mato debaixo dos meus pés e sinto o sol e a sombra na minha pele, por que é que eu me dou conta de tudo isso.

Um dia, tinha chovido e uma grande poça d'água se formou. E havia borboletas-amarelas esvoaçando em torno da poça d'água. Por que ela via as borboletas, como era possível que visse as borboletas e soubesse que estava vendo as borboletas? Será que os outros animais também sabiam que sabiam, sabiam que viam? O que será que a borboleta sabia? O jegue que ficava num cercado junto à casa do seu Jessé? A saracura que cantava quebrei três potes?

Depois ela voltou para a casa dos avós e tudo parecia levemente desfocado. Como quando brincava de colocar os óculos da avó e as coisas ficavam com uma espécie de névoa e a avó ralhava, dizia tira isso Adelaide você vai estragar a vista. As coisas saíram um milímetro do lugar — ou entraram um milímetro no lugar, ela pensaria, ao se lembrar tantas vezes daquele dia ao longo dos anos. A bem da verdade, ela diria a Sofia, não foi só ela ter se dado conta da vida animal. Foi ter se dado conta da vida animal e saber que ela própria fazia parte daquilo.

Estranhamente, como ela também disse a Sofia na mesma ocasião, aquele dar-se conta não mudou sua relação com Popeye, que era o animal não humano mais próximo a ela. Estranhamente continuou se desobrigando dos cuidados com o cachorro quando ele já era um velho doente com onze anos e ela uma adolescente com dezessete. Defendeu uma rã da morte e da dissecção em sua escola (não tinha ilusões, sabia que não tinha salvado aquela rã de coisa alguma) mas não se ocupava daquele cachorro idoso que coabitava com ela. Os cuidados com ele eram, única e exclusivamente, responsabilidade da mãe. A mesma mãe que o havia treinado à base de chineladas a não urinar dentro de casa era o único humano que o levava para passear na rua, que o alimentava, e era também o humano que o fechava dentro do banheiro para que ele não molhasse a casa.

O cachorro aparece em seus sonhos. E em sua imaginação. Ela se vê abrindo a porta do banheiro onde ele ficava trancado. O que será que o bicho sentia atrás daquela porta? Não é difícil imaginar, pensa. Não é um pensamento em nada parecido à bucólica memória de um bando de borboletas-amarelas numa clareira ao pé da mata. Se ela se deu conta da vida animal com as borboletas, foi com a memória de Popeye, mais tarde, que se deu conta da descompromissada crueldade humana com os animais. Do suposto amor humano pelos animais que tantas vezes vem colado à violência sem que isso necessariamente cause estranheza. Hoje ela sabe de muita gente de classe média e alta que apregoa a volta a uma vida rural e que num dia está aleitando uma ovelha no colo com uma mamadeira, um doce olhar de compreensão e carinho, para mais adiante assar a mesma ovelha com manifesta gratidão pelo corpo que o animal lhe doou em contrapartida por uma vida de amor e dedicação. É uma conta que não fecha.

Sofia fez um panfleto sobre as pessoas, muito diferentes desses privilegiados em busca da roça perdida, que trabalhavam num abatedouro que visitou. Havia, segundo as suas pesquisas, uma minoria que de fato encontrava prazer no que fazia. Mas a maioria estava ali por falta de opção e lidava com casos mais ou menos graves de transtorno de estresse pós-traumático — depressão, ansiedade, pânico, agressividade crescente, paranoia e mesmo comportamento psicótico. À primeira morte, se o trabalhador quisesse continuar ali, deveria seguir um distanciamento emocional. Alguns diziam que matar a primeira vaca não tinha sido nada fácil. Sentiam pena, queriam desviar os olhos, queriam ir embora. Aos poucos, ia ficando mais fácil. No fim, já não sentiam mais nada. E isso tinha um custo. Adelaide foi panfletar junto com Sofia. Uma família passou, o pai disse, ao alcance dos ouvidos delas, ah esses hippies. Vamos pedir costeletas no almoço? A expressão no rosto de Sofia permaneceu inalterada.

Pelo caminho estreito vem vindo alguém. É Rai, empurrando uma bicicleta. Então ele não se esqueceu, o que deixa Adelaide tocada. Essas coisas têm mexido com ela, esses pequenos gestos. Mas talvez não seja gentileza, talvez ele vá cobrar caro pela bicicleta (por via das dúvidas, desconfiar sempre e muito, a lição de Sofia).

Não é muito nova, mas acho que pode servir, Rai diz.

Desconfiar sempre e muito.
Você se lembrou, ela diz.
Se você não for pegar trilha, acho que dá. Eu enchi os pneus e trouxe uma bomba extra.
Uma bomba extra. Ela tem vontade de rir. Se ele soubesse. *Sofia, o cara aqui está me dizendo que trouxe uma bomba extra.*
Opa, já sei onde podemos usar.
Rai se aproxima, para diante da varandinha, puxa o descanso da bicicleta com o pé, deixa-a apoiada ali. A bicicleta tem um cesto conveniente para as compras.
Quanto você quer por ela?
Quanto?, ele ri. Ah, não, não quero nada. Essa bicicleta estava lá em casa e ninguém usava, estava encostada. Pode ficar.
Adelaide volta a se comover. Sim, os pequenos gestos. Desconfiar nem sempre é preciso, Sofia. E desconfiar dá trabalho. É tão melhor poder soltar o sorriso, relaxar o corpo, como ela faz agora, sacudir de cima do corpo os últimos anos de tanta rigidez. Relaxar durante um momento.
Rai estende uma sacola, Adelaide vê alguns potes de vidro lá dentro.
Minha mulher mandou. Geleias caseiras que ela faz.
Adelaide tira os potes da sacola, põe em cima da mesa, lê o rótulo de um deles como se lesse um cartão de visita. Terá sido aquela mulher quem lavou os lençóis e estendeu para secar ao sol, quem varreu a casa antes que ela chegasse?
Adelaide agradece.
Diz pra ela aparecer hora dessas. Vir tomar um café.
Ele sorri, mas é um sorriso um pouco diferente dos anteriores. Ela vê uma tristeza no sorriso? O bicho no humano às vezes é mesmo transparente. Quando era pequena e Popeye estava vivo, era fácil saber quando ele estava com medo, com

fome, alegre, entediado, querendo ir para a rua, querendo que o deixassem em paz. Ela tem a impressão de que consegue ver a tristeza no sorriso de Rai, farejar a tristeza dele. Lembra-se da revista com a matéria sobre os grandes carnívoros.

Espera um minuto, eu tenho uma coisa para o seu filho. Para o Gil.

E assim vão reorganizando seus territórios, os territórios das suas relações. Ele é um homem que traz uma bicicleta grátis. A esposa é alguém que manda potes de geleia caseira. Adelaide é uma mulher que convida os outros para um café e que retribui as gentilezas prontamente, mandando, por exemplo, uma revista de presente para um menino curioso. É a primeira dança do baile. Os primeiros passos. Até aqui, ninguém pisou no pé de ninguém.

O que será que Rai pensaria se soubesse da prisão, ela se pergunta. Talvez ele saiba. Será que ele sabe? Hoje em dia com meio Google todo mundo sabe da vida de todo mundo, não importa se foi na América do Norte, numa ilha do Pacífico ou na Lua. Ainda mais num caso como o dela. Se ele tiver se dado ao trabalho de procurar. Se tiver ficado curioso. A possibilidade de ele saber faz com que ela queira que ele vá embora logo. A possibilidade de ele ter sido motivado por algum grau de curiosidade faz com que ela queira que ele se demore um pouco mais.

É estranho. Pensar que talvez ele saiba que ela é uma ex-presidiária traz uma emoção imprevista. Uma espécie de alívio, como compartilhar um segredo com alguém e então constatar toda uma nova intimidade que se cria em torno do segredo compartilhado.

Você quer uma limonada, alguma coisa?

Quem diria, Adelaide. No fim das contas, você está carente de companhia? A fantasia: ele diz que sim, ela entra para pegar a limonada, ele esquece o dia que tem pela frente, os dois engatam uma conversa e quando se dão conta — puxa, onze horas já, como o tempo voa!

Mas não é o que acontece. Ele diz não, obrigado, já vou indo para a marcenaria. Tenho uma quantidade de trabalho que você não imagina. Mas obrigado, de todo modo.

Um aceno de cabeça, ele vira as costas.

Eu poderia ir lá um dia, se você não se importar, ela diz, agarrando-se no instante que já se desmancha e se transforma em outra coisa.

Ele se vira de novo.

Eu ajudava meu avô na marcenaria dele de vez em quando.

O que acaba de dizer não explica nem justifica nada, mas é só o que lhe ocorre. Ela omite que também teve o estágio na marcenaria da prisão.

Rai não responde de imediato. A pausa é brevíssima, quase imperceptível, mas ela toma nota.

Quer ir agora?

Ela não esperava.

Assim você aprende o caminho.

Mais tarde, volta para casa com fome. Põe lentilhas para cozinhar. Na água, a benesse daquele bocadinho de curry que trouxe na mochila. Lembra-se de uma canção. *Hay cosas que te ayudan a vivir*. Era assim? Fito Páez? O curry enche a casa inteira com aquele cheiro e faz com que se lembre de George, o grande cozinheiro George. Uma das épocas em que foi mais feliz. Aqueles anos casada com George sem ser casada com ele.

Antes de sair na longa viagem e topar com ele na Cidade do México, houve outro período bom. Seis ou sete anos, talvez, em que morou no bairro do Recreio com o namorado.

Seu primeiro emprego fixo, a sensação de quase prestígio que lhe dava ter um dinheiro caindo todo mês na conta, carteira assinada, tudo tão oficial. Nos primeiros meses achava aquilo meio inverossímil, algo que a qualquer momento iriam revogar. Depois acabou acreditando que talvez continuasse a ser verdade ao menos por uns tempos. Alugaram aquele quarto e sala no Recreio, perto da praia. E mesmo o trânsito para ir todos os dias à universidade católica, onde Adelaide tinha começado a trabalhar, no departamento de informática, não comprometia a nova felicidade.

Na prisão, ela e Julia faziam aquele exercício de rememorar os lugares especiais das suas vidas. Adelaide explicou a piscina do Piedade Tênis Clube. Explicou ir a pé do pequeno apartamento no Recreio até a praia junto com o namorado, um professor de francês que era uma das melhores pessoas que ela já tinha conhecido. O Atlântico Sul. Também explicou estar com George, anos mais tarde, na cozinha, sentindo cheiro de curry enquanto ele fazia as magias em que era versado. Couve-flor, vagem, batata-doce, cenoura, cebola, castanha-de-caju, cominho, pimenta, coentro.

Ela e George tinham fotos da cerimônia de casamento. Para mostrar aos fiscais, caso aparecessem — o inimigo também desconfiava sempre e muito. Ele com um paletó verde-abacate comprado num brechó. Ela com um minivestido magenta que alguém emprestou e que era a coisa mais distante do que ela própria teria comprado para aquela ou qualquer outra ocasião. Se é para fazer uma cerimônia de casamento, vamos nos divertir. Já que é um casamento falso, um casamento branco, vamos de verde e magenta.

Vocês são excêntricos, diriam os fiscais ao ver o álbum. E Adelaide teria que lançar olhares de censura para que George não fizesse nenhum comentário irônico. No envelope que trouxe consigo ainda guarda duas dessas fotos. Parecem mesmo uns excêntricos — ou um par de atores vestidos para uma peça, alternativa bem mais próxima da realidade.

Depois da cerimônia, foram tomar cerveja e comer pilhas de nachos, ela, George e o namorado dele. Na volta para casa, Adelaide deixou a porta do quarto entreaberta antes de ir dormir. Mas eles fecharam a porta do quarto deles.

A carta de hoje foi o dois de espadas. A de ontem, o ás de espadas. Só agora, no fim do dia, ela atenta para a sequência extraordinariamente lógica e rara.

Dois de espadas: uma mulher com os olhos vendados e os braços cruzados na altura do peito segurando duas espadas que apontam para o alto, em duas diagonais, uma espada em cada mão. Parecem pesadíssimas. No céu, uma pequena lua crescente. Não se pode ver a situação com clareza, é o que sugere a venda em seus olhos. Mas a venda pode ter sido colocada voluntariamente. Melhor não ver? Ao mesmo tempo, a mulher parece estar num transe. Sentada, o mar (ou será um lago?) às suas costas. Adelaide quase pode sentir nos próprios músculos o esforço que a mulher precisa fazer para segurar aquelas duas espadas — e já que é um símbolo, segurá-las o tempo todo, para sempre, até o fim dos tempos.

Aprendeu o caminho da marcenaria do Rai. Fica já quase chegando ao vilarejo. Caminharam juntos, conversaram e ela apreciou isso. Ficou sabendo que Rai não é dali, a esposa sim. Ele veio depois que se casou. Onde os dois se conheceram? No Carnaval do Rio de Janeiro. Ele é de lá, do Engenho Novo.

Fomos vizinhos, Adelaide disse. Nasci e cresci em Água Santa.

Depois comentou que achava engraçado o casal ter se encontrado na grande festa dos amores passageiros. Acho que tem pessoas que são gregárias mesmo, ele disse. Você vai para a grande festa, como você disse, dos amores passageiros, e quando vê lá se foram onze anos e três filhos. Adelaide? Separada. De um gringo. Não tiveram filhos. Mais não disse, nem Rai perguntou.

Ao sentir o cheiro da marcenaria, seu cérebro entrou em pane: não sabia se regressava aos tempos da prisão ou aos tempos do avô (como gostava de brincar com as trenas e réguas e esquadros, como temia as serras, a circular, a tico-tico — pensava num desenho animado da Penélope Charmosa em que a personagem era amarrada a uma mesa com uma serra circular se aproximando lentamente da sua cabeça).

Aprendeu o caminho da marcenaria do Rai mas não se demorou por ali naquela primeira visita. Reparou que em um canto havia um pequeno altar com uma estatueta de são Jorge e outra de um Buda ao estilo japonês, magro, em posição de meditação. Reparou que havia um pequeno aparelho de som portátil e uma pilha razoável de CDs ao lado. Teve vontade de saber que músicas Rai ouviria ao trabalhar. Ficaria para depois.

Passeou sozinha pelo vilarejo. Nossa Senhora da Guia. A que todos se referiam simplesmente como Guia. Viu, numa banca de jornais, alguns livros de bolso expostos entre revistas masculinas. Um deles era de René Descartes, o monstro. O que vivisseccionava cachorros sem nenhum tipo de anestésico para estudar a circulação do sangue e atribuía os ganidos não à dor mas a um comportamento automático do organismo dos animais. Eles funcionavam, para Descartes, como autômatos.

Na banca havia também os tradicionais livros românticos, na capa os casais caucasianos sobre o fundo de um pôr do sol falsificado. Adelaide se demorou na farmácia escolhendo sabonete e xampu. Os cachorros de rua dormiam nas calçadas, na praça, mais ou menos incomodados pelas moscas. Fazia sol.

Seu avô materno, contador por profissão e marceneiro por passatempo, viveu muito. A última vez que Adelaide esteve com ele foi antes de deixar o país, no ano de 2010, naquele mês de novembro em que a região metropolitana do Rio de Janeiro foi varrida por uma onda de atos de violência organizada. Os criminosos, ligados ao narcotráfico, incendiaram quase duzentos veículos nas estradas ao longo de uma semana de ataques. O comércio fechou, as ruas esvaziaram. Houve mortos. Pela televisão — na tranquilidade da roça que, por comparação, parecia quase insolente —, o avô acompanhava os blindados do Corpo de Fuzileiros Navais rolando pelas ruas do Rio. Franzia os olhos para a TV, como se não tivesse certeza de que aquilo estava acontecendo de verdade.

A mãe contava que o avô levou anos até se convencer de que os astronautas tinham mesmo pisado na Lua. O mundo era estranho. Foguetes no espaço, tanques de guerra numa cidade supliciada pelo narcotráfico. E no imaginário estrangeiro o Brasil passava de samba, coqueiro e futebol a arrastão nas estradas e tiroteio nas ruas. Clichês difíceis de esconjurar.

Ela já estava de mochila pronta para se mandar. Deixou tudo para trás. As pessoas da sua vida até então. A sua vida até então. Contabilizou as economias que tinha juntado no banco, deixou algumas caixas de papelão com seus livros e outros pertences guardadas com alguém que tinha uma garagem espaçosa. A mochila. Simplificar-se até o osso.

Sair, sair, descascar-se, ver se era possível colocar um corpo — o seu — em oferenda numa encruzilhada do mundo para que dali surgisse alguma noção do que fazer da vida daquele momento em diante. Alguma iluminação.

O avô deslizava as mãos sobre a madeira na marcenaria. E Adelaide, em pensamento, já estava longe, longe, longe dali. A bença, vô. Eu vou viajar por uns tempos.

No ano de 2011 morre Mohamed Bouazizi, que vendia frutas e verduras nas ruas de Sidi Bouzid, Tunísia, e sustentava oito pessoas. Ele tinha vinte e seis anos e ateou fogo ao próprio corpo num gesto desesperado de protesto. Assim começa o movimento que ficou conhecido como Primavera Árabe.

Uma mulher chamada Claudelice dos Santos é acordada com a notícia do assassinato do irmão e da cunhada a tiros. Trabalho de pistoleiros, numa emboscada, na zona rural de Nova Ipixuna, Pará. O casal de ambientalistas denunciava a exploração ilegal de madeira e grilagem num projeto agroextrativista. Chamavam-se José Cláudio Ribeiro da Silva e Maria do Espírito Santo.

Na Escola Municipal Tasso da Silveira, no bairro do Realengo, Rio de Janeiro, um ex-aluno mata onze crianças e se suicida.

Vêm a público arquivos confidenciais da prisão de Guantánamo que revelam que cento e cinquenta cidadãos inocentes do Afeganistão e do Paquistão haviam sido encarcerados ali sem julgamento. Obama anuncia a morte de Bin Laden, Anders Breivik mata oito pessoas num atentado a bomba em Oslo e mais sessenta e nove na ilha de Utøya, rebeldes tomam a capital da Líbia e derrubam o governo de Muammar al-Gaddafi,
  que é morto posteriormente em Sirte
  a população mundial chega aos sete bilhões de pessoas
  Dilma Rousseff toma posse como a primeira mulher presi-

dente do Brasil e se torna a primeira mulher a fazer o discurso de abertura da Assembleia Geral da ONU
Obama faz uma visita a ela
a ONU declara 2011 o ano internacional das florestas.
Adelaide está na Cidade do México e conhece um rapaz estadunidense chamado George, que a apresenta a um casal de amigos também estadunidenses de passagem pelo México: Adelaide, é uma puta duma satisfação te apresentar às duas pessoas mais incríveis que eu conheço no mundo. Muito prazer, Sofia. Muito prazer, Santiago.

Doze anos se passaram. Doze. No tarô, a carta de número doze se chama o Pendurado. O homem, na imagem que Adelaide conhece, está preso de cabeça para baixo pelo pé direito. O pé esquerdo está solto, cruzado atrás da perna. As mãos estão atrás das costas, mas não se sabe se atadas ou livres. A impressão é que o Pendurado está pendurado porque quer. É a carta do mártir. A carta do sacrifício.
Ninguém morreu. Ninguém ficou ferido. Nas sabotagens que Adelaide e seu grupo levaram a cabo. Há doze anos, repetiam o que outros tinham dito antes. 1) O capitalismo só entende uma forma de protesto: destruição de propriedade. 2) Haja o que houver, jamais vamos cooperar. Jamais vamos cooperar.
Mas agora, doze anos depois, quando ela joga um balde d'água no chão da varandinha da casa na Mantiqueira e esfrega o chão com a vassoura de piaçava para remover a lama dos últimos dias, agora parece que tudo entra momentaneamente nos eixos. Não vai durar, ela sabe. Aprendeu que o mundo se desmantela por um nada. Ouve o ruído da vassoura no chão. Continua esfregando por muito tempo depois que o chão já

está limpo. O ruído, a palha raspando o cimento, ela precisa continuar se mexendo, continuar funcionando. Mas como é possível funcionar num mundo em que, por exemplo, animais são torturados em pesquisas científicas? Todos os dias ela tem vontade de incendiar um laboratório daqueles. Gostaria de ter incendiado o laboratório de Descartes — com ele lá dentro.

Ontem lia sobre os artistas que estão fazendo esculturas submarinas para os peixes. Lia sobre os peixes do gênero *Sebastes*, que estão por aqui desde o Oligoceno, habitando os mares da Terra há trinta e três milhões de anos. São dos peixes mais longevos do planeta e podem chegar aos cem anos de idade. Gostam de pedras. Sua população diminuiu drasticamente nos anos 1990 devido à pesca excessiva. Alguns artistas vêm criando esculturas submarinas, verdadeiros recifes artificiais, como possível abrigo para esses e outros peixes. Com o passar do tempo, as esculturas vão se modificando conforme a vida se apossa delas. São galerias de arte subaquáticas cujo público--alvo são, sobretudo, peixes.

Adelaide se comove com isso. Essa prova da sobrevivência de alguma célula de decência no comportamento humano. Anda mesmo comovida, embora às vezes tenha a impressão de parecer a quintessência do autocontrole. Como quando foi visitar o pai e a tia, ao chegar, por exemplo. Ela engasga por um nada, mas o autocontrole é, também, um músculo. Ela passou pela prisão: e se os gringos tivessem metido na sua sentença aquele carimbo de terrorista, como fizeram com outros antes dela? Até com alguns dos que colaboraram, receosos de terminar seus dias presos? Ela colaborou, George colaborou, Santiago, Isaac e Karen colaboraram.

Sofia não colaborou.

vão todos à merda eu não vou dizer nada

Terrorism enhancement era o nome da coisa. Um ativista da Animal Liberation Front disse, em 2006, sobre os atos de sabotagem e destruição de patrimônio cometidos em nome do movimento: "Se existe algo que nos separa das pessoas que estamos constantemente sendo acusados de ser — terroristas, criminosos violentos — é o fato de que nunca ferimos ninguém".

Nunca ferimos ninguém. Incendiamos um laboratório de pesquisa. René Descartes, cristão devoto, torturou cachorros e entrou para a história como um dos fundadores da filosofia moderna. Nós fomos para a prisão.

Torturar cachorros, Sofia dizia. A maioria das pessoas se compadece. Nem tanto se você disser torturar ratos. O que pode e o que não pode. O que os humanos decidimos que pode ou não pode. Comer cachorro? Comer cavalo? Comer porco? Gafanhoto? Cérebro de macaco? Peito de frango? Como se institui o tabu? A explicação é simples, ela sabe.

O que será que esta gente daqui ia pensar de você, Adelaide. O que será que iam pensar se soubessem que você passou uma década derrubando cercas, rasgando pneus, cortando fiações elétricas (ela se lembra com particular afeto das ocasiões em que derramaram açúcar em tanques de gasolina ou diesel: sempre lhe pareceu uma forma desaforadamente poética de protestar), por fim incendiando um laboratório de pesquisa.

"Bandidos de balaclava", disse com orgulho um ativista chamado Keith Mann tempos antes. Ele próprio foi preso duas vezes, uma delas por libertar dos laboratórios Wickham, na Inglaterra, quase setecentos ratos usados para testar a toxina botulínica. A corte britânica rejeitou seu argumento de defesa — ele alegava que o produto estaria sendo testado para fins cosméticos, o que era proibido na Grã-Bretanha. Mas o laboratório possuía uma licença para realizar os testes, argumentando que o produto seria usado com fins terapêuticos, para combater espasmos musculares. Os ratos foram devolvidos ao laboratório. John Muir, o famoso ativista ambiental norte-americano do século XIX, disse que, se em algum momento houvesse uma guerra entre as espécies, ele ficaria do lado dos ursos.

O menino aparece, voltando da escola. Adelaide está no tanque, nos fundos da casa, lavando algumas peças de roupa na água que sai gelada da torneira.
O pai mandou eu vir agradecer a revista.
Ah, bobagem. Tinha mesmo que ser sua.
Ele fica por ali, na órbita de Adelaide. No momento ela não tem muita coisa por fazer. Enxagua a roupa, pendura na corda.
Você pode me passar os pregadores?
Ele atende prontamente. Nessa idade, pensa, eles ainda podem ser tão dóceis.
Tenho limonada, ela diz. Quer?
Ele entra na casa com ela. Tira a revista de dentro da mochila, abre em cima da mesa. A foto do tigre-de-bengala. Ela sabe, sem que ele precise repetir: eu tinha vontade de abraçar um desses. Ele provavelmente sabe, sem que ela precise repetir: eu também.
Amanhã vai ter a festinha do meu irmão lá em casa, o menino diz. O pai mandou te convidar.
Adelaide pensa, não diz: um dos capetas.
Se você for comprar um presente, ele gosta de trens, Gil aconselha.
Ela acha graça. Pergunta quantos anos o irmãozinho tem. Gil pensa um pouco. Revira os olhos.

Seis? Eu acho. Não, sete.

Tem sete e vai fazer oito ou tem seis e vai fazer sete?

Gil dá de ombros. O gelo tilinta no copo de limonada. Ele pôs uma montanha de açúcar, e parte dela repousa no fundo do copo sem se dissolver.

O seu copo de limonada é como se fosse o fundo do mar, Adelaide diz.

Ele olha, estuda.

O açúcar é a areia, ela diz.

As pedras de gelo são os peixes, ele diz.

Peixes imensos. Devem ser tubarões.

Gil mete os dedos sujos dentro do copo, agitando-os como se fossem as perninhas de uma pessoa, socorro socorro os tubarões vão me devorar!

Você sabe o que eu estava lendo no jornal? Que tem uns artistas fazendo umas esculturas para colocar no fundo do mar. Esculturas para os peixes. Eles fazem coisas de vários formatos na pedra, trabalham a pedra, sabe? Vão cavando com os instrumentos que eles têm. Por exemplo, fazem cabeças humanas, ou objetos que parecem árvores secas. E com o tempo os peixes vão morar ali, tudo vira um jardim, crescem plantas debaixo d'água, por cima dessas esculturas. É bonito.

Gil tira os dedos do copo. Fica pensativo. Talvez esteja concebendo uma pequena escultura para o seu oceano de limonada e açúcar.

Você precisa me explicar como eu chego na sua casa.

Ele termina de beber a limonada, tritura uma pedra de gelo com os dentes, segura Adelaide pela mão e a reboca pelo caminhozinho estreito até a estrada principal, de terra, mais larga.

Você vai por aqui, na direção da Guia. Tá vendo aquele morro? Aquele primeiro morro. Então, você vira bem ali, onde tem aquelas árvores mais altas, entra e vai andando. Anda um pouco e chega na minha casa.

Só isso?

Só.

E o seu irmãozinho gosta de trens.

É.

Uma festa. E uma festa infantil, ainda por cima. A última vez que foi a uma festinha de criança? Não tem ideia. Devia ir, levantar essa âncora, colocar-se em movimento. Pensa em âncora, pensa em barcos e navios, pensa em Montenegro. Seria bom revê-lo, não seria? Fantasia que um dia vai reencontrá-lo sem mais nem menos na fila do pão. Ter alguém a seu lado: o velho e irresistível clichê. Seria bom, não seria? Um amor daqueles bastante longevos, caseiros, um amor protegido do pega pra capar ao redor. Não conseguiu emplacar nenhum desses em quatro décadas e uns trocados. O professor de francês na época do Recreio foi o mais perto que chegou.

Manuel era o nome dele. Ela gosta desse nome, Manuel, tem uma sonoridade bonita, que se abre e se fecha e se abre e se fecha de novo.

Depois que se separaram ela só pensava em ir embora, sair correndo para fora do mundo feito um daqueles touros pelas ruas de Pamplona. Durante algum tempo ainda trocaram mensagens: fotos, votos de feliz aniversário, feliz Ano-Novo. Depois essas coisas foram escasseando, até que certo ano ela resolveu não dar parabéns no aniversário e tudo ficou por ali.

Bandidos de balaclava.

Talvez fosse possível, Adelaide pensa, escrever duas histórias distintas da humanidade. Uma delas inteiramente pautada pelos atos de violência. A outra inteiramente pautada pelos gestos de gentileza. E ela não usa nenhuma das duas palavras de forma leviana. Violência, gentileza. Então se pergunta onde será, nessas histórias da humanidade, que uma palavra e outra iam se misturar de forma que não fosse mais possível separar as pontas de uma das pontas da outra. O grande paradoxo.

Um dia, um dia ela vai ter que fazer o acerto de contas consigo mesma. Pôr tudo em pratos limpos, como se diz. Tudo em pratos limpos. Inclusive aquele gesto: o de ter se dobrado ao inimigo, mesmo com medo, e contado o que eles queriam saber. O que se quebra para sempre dentro de você quando toma uma atitude dessas?

Mas de que vale ser mártir?

Quando era criança e seus pais a puseram no catecismo, teve que ler sobre a vida dos santos. Santa Catarina de Alexandria foi das que mais a impressionaram. Ela se converteu ao cristianismo após uma visão, aos dezoito anos. Foi presa pelo imperador Maximiano, um perseguidor de cristãos, mas convertia todos que iam visitá-la no cárcere — inclusive os cinquenta maiores sábios da província, a esposa do imperador, o chefe de sua guarda e vários soldados. Maximiano condenou Catarina à morte na roda, terrível instrumento de tortura que matava lentamente o condenado mutilando seu corpo. Mas ela fez o sinal da cruz quando ia ser presa à roda e a roda se quebrou. Catarina acabou sendo decapitada.

Quando criança, queria tirar aquelas narrativas hagiográficas da cabeça e não conseguia. As vidas dos santos foram os seus primeiros filmes de terror.

No catecismo receberam uma tarefa antes da Semana Santa: a turma foi dividida em grupos e cada grupo teria um cartaz em branco preso na parede. Conforme os membros do grupo fossem praticando boas ações, deveriam ir decorando seu cartaz. Adelaide levou aquilo a sério, parece mesmo que ela levava tudo a sério. Chegava à aula de catecismo, esquadrinhava a memória recente em busca de alguma boa ação, não encontrava nenhuma digna de nota e deixava passar. No fim, o cartaz do seu grupo era o mais pobrinho. A professora criticou e tirou a conclusão (que mulher imbecil, Adelaide pensou): mas vocês praticaram pouquíssimas boas ações! O grupo de Adelaide se entreolhou. Mentalmente, poderiam estar dizendo ótimo, da próxima vez a gente já sabe o que fazer. A gente vai mentir. Vai encher o cartaz de florzinhas e estrelinhas e ovelhinhas cercando uma manjedoura. Sem o menor compromisso com a realidade das nossas boas ações. E aliás nós nem sabemos ao certo o que é que define uma boa ação, dá pra explicar melhor? Nos desenhos animados às vezes algum personagem ajuda uma velhinha a atravessar a rua, mas nós não encontramos nenhuma velhinha precisando atravessar a rua.

Quando as aulas de catecismo desembocaram na primeira comunhão, todos tinham que ir se confessar com um padre. Adelaide nervosa. Entrou numa saleta decorada com motivos cristãos, que era onde o padre estava recebendo as crianças. O padre pediu que ela confessasse os seus pecados. Puta merda, e agora. Esquadrinhou a memória recente — e a antiga — em busca de algum pecado, não achou nenhum digno de nota. O próprio conceito era fugidio, mais ou menos como a história das boas ações. Até que: um estalo. Certa vez tinha roubado um bibelô de porcelana da prima. Ficou com o bibelô guardado no fundo da gaveta, morrendo de medo de que descobrissem. De quando em quando, abria a gaveta e pegava o objeto, que parecia ainda mais encantador graças à nova aura de segredo mas, ao mesmo tempo, sumamente não seu. Ainda menos seu do que quando ficava numa estante no quarto da prima, em meio a porta-retratos e livros. Na visita seguinte à casa da prima, levou o bibelô às escondidas e pôs de volta na estante. Contou isso ao padre, que a absolveu, com a penitência de algumas ave-marias.

Em abril de 2023, um homem de vinte e cinco anos ataca uma creche em Blumenau, Santa Catarina — usando um canivete e uma machadinha, mata quatro crianças com idades entre cinco e sete anos. Quando Charles finalmente se torna rei da Inglaterra, declara seu apoio às pesquisas sobre os elos da monarquia britânica com o tráfico de humanos escravizados. Datam do fim do Paleolítico os primeiros sinais de violência coletiva em comunidades humanas que se sedentarizavam. Cem milhões de mortos, estima-se, em decorrência da colonização europeia das Américas. Santa Catarina e a roda. Em abril de 2023, uma mulher que tentava registrar queixa contra o namorado é estuprada por um policial na 12ª Delegacia de Polícia em Copacabana. Quinze milhões de humanos escravizados no tráfico transatlântico. Jair Bolsonaro: "O filho começa a ficar assim meio gayzinho, leva um couro, ele muda o comportamento dele. Olha, eu vejo muita gente por aí dizendo: ainda bem que eu levei umas palmadas, meu pai me ensinou a ser homem".

Julia lhe contou sobre uma figura do panteão budista: um assassino que andava com um colar composto dos dedos decepados de todos aqueles que matava. Num determinado momento ele abandona a vida de matança, torna-se monge, ajuda uma mulher no parto e, com o passar dos séculos, transforma-se no padroeiro dos partos, associado à fertilidade no Sudeste Asiático. Adelaide gosta dessa narrativa. Dessa possibilidade radical de conversão.

* * *

Dia seguinte, ela põe um vestido de malha azul que comprou numa lojinha na Guia. A textura da malha é agradável. O azul, que azul é este?, puxando para um acinzentado. É um tom claro sem ser gritante, ofuscante. Ela aprecia. Vai caminhando pela estrada, seguindo conforme Gil explicou, deve ser logo adiante a casa dele e da família.

Será que é possível ser recebida ali naquela casa, naquela festa, como num abraço? A vontade de abraçar um tigre-de-bengala existe, sempre existiu, mas não será preferível, pensando bem, a gente ficar mesmo no quietinho de casa e se limitar a sonhar com essas coisas? Odisseu não queria ir à porcaria da guerra, ela sempre se compadeceu disso. Chegou a fingir que estava maluco, ao que consta, mas foi desmascarado. E com isso lá se foram vinte anos da sua vida.

Um tigre-de-bengala não é nosso amigo. Ela sabe. Nunca foi partidária da tese de que a natureza é boazinha. Mas adorava ouvir Rita Lee cantando aquela música, lançada quase uma década antes do seu nascimento. *Estou no colo da mãe natureza, ela toma conta da minha cabeça. É que eu sei que não adianta mesmo a gente chorar, a mamãe não dá sobremesa.* É isso, a mamãe não dá sobremesa. Um tigre-de-bengala é um tigre-de-bengala. Mas nunca foi por causa disso, nunca. Ela desconfia das pessoas que dizem eu amo os animais.

O deboche também cansava. Bater boca cansava. Por isso esses novos silêncios onde antes levantaria a voz. Às vezes acha que as ações de sabotagem eram uma forma de levantar o moral do grupo, de fazer com que acreditassem estar sendo levados a sério, mais do que qualquer coisa.

Quando ela e George estavam panfletando contra o consumo de carne de vitela, alguém pegou um panfleto, deu uma lida, olhou para ela e disse uau isso tudo é mesmo terrível. A pessoa sacudiu a cabeça, devolveu o panfleto e disse acho que vou ficar uns quinze dias sem conseguir comer vitela depois de ter lido isso. Pouco antes de ser presa, se ela se desse ao trabalho de cutucar as redes sociais não precisaria de cinco segundos até topar com os comentários de alguns brasileiros, os mesmos que ajudaram a eleger aquele presidente em 2018: repudio esquerdopatas, veganos, movimentos raciais, marxistas, feminazis, ambientalistas.

Mas eis que: murro em ponta de faca após murro em ponta de faca, de repente um laboratório prontinho para começar a funcionar e a torturar animais em testes se esvai em chamas. Num certo sentido, ela se arrepende: todos os dias, o tempo todo. Por Sofia, se não por todos os outros motivos. Noutro sentido, ela acha glorioso. Não, não se tratava de olho por olho dente por dente, ela não compactua com isso. Mas por fim conseguiram ser levados a sério.

Música tocando ao longe. Ela não reconhece. Vai se aproximando, vestido azul, trenzinho de brinquedo num embrulho na mão. Comprou na papelaria o presente do irmão de Gil seguindo a sugestão dele. Depois de uma curva margeada por manacás, num aclive, abre-se uma grande clareira à sombra de araucárias imensas. Há alguns carros estacionados ali. Ao lado, uma pequena casa avarandada, decorada por balões de muitas cores. Crianças jogam bola no gramadinho ao lado, o gol marcado pelos chinelos de dedo.

Ela chega, continua não reconhecendo a música, mas é pop e cantada em inglês. Faz um daqueles dias espetaculares de maio. Alguém a cumprimenta e lhe entrega uma caneta e um cartãozinho, pedindo que escreva seu nome e deixe o presente num saco ao lado da porta. Gil vem correndo falar com ela. Vejam, ele é amigo da recém-chegada, tem intimidade suficiente para tomá-la pela mão e arrastá-la até o irmãozinho aniversariante.

Falar com crianças. Ela exibe um sorriso razoável e diz parabéns, deixei seu presente lá no saco, espero que você goste. Algum adulto grita como é que a gente fala, Carlos? E Carlos diz muito obrigado.

Rai acena de longe, vem até ela. Seu coração dá um tropecinho. Ele diz que bom que você veio. Ela diz que bom que eu vim, e aquilo lhe soa como se tivesse dezesseis anos e estivesse falando com um garoto da escola na hora do recreio. Ainda tem como se salvar? Rai, que não parece perceber o ridículo, e se percebeu não se incomodou, a leva até um grupo de pessoas que conversa em um canto, apresenta a esposa. Leila. Os cumprimentos protocolares, alegres, é uma festa alegre, é uma tarde alegre.

Leila é uma mulher bonita. Depois Adelaide vai elaborar: é como se ela brilhasse por dentro. Isso. Alguma coisa nos olhos, na pele, alguma coisa resplandecente nela. Adelaide se lembra de agradecer os potes de geleia e de reiterar o convite para uma visita. Leila parece distante. Faz com que Adelaide pense numa mulher apaixonada.

É uma casa arejada, paredes brancas e móveis escuros. Móveis de Rai, Adelaide supõe. Ele entra junto para lhe oferecer uma bebida, para lhe mostrar a mesa onde estão os salgados e sanduíches. Passam meninos e meninas suados e cheios de energia, correndo, e agarram alguns.

Ela aceita uma cerveja. Ele abre duas, bate com a garrafa na garrafa de Adelaide. Ela olha para a mesa, pega um punhado de amendoim. Ele oferece sanduíches, ela vê presunto, diz obrigada, tá bom só o amendoim mesmo. Pausa. Ele diz também não como presunto. Mas a gente tem que oferecer, né? Não come?, ela pergunta. Não, não como carne. Quer dizer, como, ainda, mas estou parando. Adelaide franze um pouco a testa, involuntariamente. Desconfiar sempre e muito? Se outro dia mesmo ele estava se oferecendo para mandar matar coelho, galinha. Desconfiar sempre e muito, Adelaide. Não, não tem nada a ver, Sofia. Aquele dia ele ofereceu por educação, porque eu sou a nova inquilina, porque estava querendo agradar. Desconfiar sempre e muito, Adelaide.

Mas um abraço, por um breve momento que seja. Ela nem sabe se é um abraço genuíno. O abraço de uma casa arejada de portas e janelas abertas, crianças correndo por toda parte, o céu desanuviado de um fim de tarde de maio, música, bebida, comida, risos, jogo de bola, pedaços de conversas no ar.

Poderia ficar aqui, parada, só se deixando embalar por essas coisas. Aquela história: deixando as coisas serem ouvidas, vistas, sentidas através dela. Quem sabe é possível? Ainda que só por ora? Ali, no anonimato de um pequeno vilarejo nas montanhas, no interior do estado em que nasceu, longe das afetações da cidade, sem grandes projetos, grandes lutas, grandes feitos? Por um momento as vozes de todos e a música que toca se fundem numa mistura em que nada mais é reconhecível. Ela se lembra da corrida de táxi no dia em que desembarcou no aeroporto internacional. Como os comentaristas do programa esportivo, no rádio, num dado momento pareciam estar falando outra língua — e isso não era força de expressão. Ela ouve os graves e os agudos, melodias e recitativos, ruídos variados agora. Tudo é uma grande pasta sonora. É ao mesmo tempo fascinante e assustador.

Surpreende-se ao abrir a boca e dizer preciso encontrar um emprego. Mesmo que temporário.

Rai ergue as sobrancelhas. Não diz nada num primeiro momento. Talvez, Adelaide pensa, ele ache que ela tem debaixo do colchão uma mina de dinheiro maior do que tem de fato. Na verdade, o que tem é tão pouco que mal daria para se manter ali, mesmo por um par de meses, mesmo na casinha modesta que aluga dele.

Mas ele logo reformula, talvez, aquela ideia inicial, e responde vou ver se penso em alguma coisa pra te ajudar. Tenho amigos no comércio. De todo modo, a gente sempre sabe de tudo por aqui.

É, eu imagino que sim, ela diz.

Mais gente chegando. Adultos e crianças. O vozerio encorpa, alguém aumenta a música. Outra cerveja e pouco depois, mais relaxada, Adelaide se vê jogando futebol com algumas crianças e adultos. Rai sorri. E Leila é um corpo celeste, mas não parece dirigir o olhar uma única vez para Rai, Adelaide observa. Poderiam ser dois estranhos. O brilho dela vai todo noutras direções. Ele fica ali, na face escura da Lua. Adelaide apura a observação, a leitura não varia. Rai não parece muito mais empenhado do que Leila no contato. O marido que vem e passa a mão pelas costas da esposa, que faz a gentileza de lhe trazer um salgadinho ou uma cerveja, como nos filmes — nada disso.

O coração é um despudorado. De todo modo, Adelaide sabe como meter o freio entre os próprios dentes e puxar. Ôa.

Alguém traz um violão quando as crianças vão para a frente da TV na sala, finalmente autorizadas. E em algum momento ela toma coragem, pega o instrumento, pesca na memória alguns acordes. *Estou no colo da mãe natureza. Ela toma conta da minha cabeça.* (Você é boa nisso, Rai disse, mais tarde, quando se despediram. Com a música, o violão. Nossa, ela respondeu. As cervejas é que me deram coragem. Estou enferrujada. Mas antigamente eu tocava um pouco.)

Quando Rita Lee lançou aquele disco, *Atrás do porto tem uma cidade*, com sua banda Tutti Frutti, Adelaide nem sonhava em nascer. Foi o ano da Revolução dos Cravos em Portugal. Foi o ano em que descobriram os oito mil soldados de terracota na China. Watergate, *exit* Nixon, nos Estados Unidos da América. Na Etiópia encontraram Lucy: um hominídeo do sexo feminino, da espécie *Australopithecus afarensis*. Também conhecida como AL 288-1. Também conhecida como Dinkinesh, "você é maravilhosa" no idioma amárico.

Adelaide viu fotos de Lucy nos livros. Isto é: fotos dos pedaços do esqueleto de Lucy encontrados no vale do rio Awash naquele ano de 1974. Uns pedacinhos de osso que vieram de 3,2 milhões de anos no passado: uma carta, uma lenda, uma suposição. Parece que a equipe da escavação deu a ela o nome de Lucy em homenagem aos Beatles. Um metro e pouquinho de altura, menos de trinta quilos. Seu cérebro era pequeno feito o de um chimpanzé, mas as pernas e a pélvis se assemelhavam às dos humanos modernos.

Você é maravilhosa, Lucy no céu com diamantes.

A mãe natureza toma conta da minha cabeça.

Rodoviária Novo Rio. De volta à cidade, a visita prometida. Adelaide dá o endereço ao motorista do táxi. Cida tem cheiro de lavanda. E mais alguma coisa, alguma coisa doce que faz Adelaide pensar em açúcar queimado. Na sala, o pai diante da televisão, como se ela tivesse estado aqui pela última vez não no dia em que chegou do estrangeiro mas hoje mesmo, pela manhã.

Vai beijá-lo. Quando o pai era mais novo, aplicava gel no cabelo e penteava para trás. Adelaide gostava de passar a mão, ficava com uma textura engraçada. Às vezes, ele deixava que ela bagunçasse o cabelo antes de dormir. Pai, posso bagunçar o seu cabelo? E aqueles fios todos colados uns nos outros com o gel viravam uma verdadeira selva no meio de um vendaval. A mãe assistia, achava graça. Uma vez Adelaide perguntou se podia bagunçar o cabelo dela também. Nem pensar, ela disse.

Há fotos da mãe na estante da sala. Uns bibelôs que ela colecionava, não muitos, em meio aos livros. Ela gostava da ideia de colecionar coisas mas não tinha talento para se dedicar a isso. Também gostava de usar roupas cor de vinho, Adelaide se lembra, e atesta nas fotos. Dizia que ia bem com seu tom de pele.

Vai até a janela, vê os saguis passando pela fiação, lá no alto. Um, dois, três saguis. Um deles, provavelmente uma mãe, leva um filhote nas costas. Qual é aquela expressão bonita que Adelaide ouviu certa vez? O interesse primordial pela vida. Fica ali observando os saguis. Sente-se um pouco desajeitada na nova casa de seu pai, na casa onde ele e a irmã já estabeleceram uma lógica, uma rotina, os horários, o cuidador que vai chegar à tarde e tudo o mais.

Faz cerimônia. Lembra daquelas palavras da mãe. Você só pensa em você. Como é possível que um refrãozinho desses, um pronome repetido, um advérbio, um verbo e uma preposição, coisa de nada, cinco palavras, como é possível que isso grude na pessoa desse jeito? E tudo, todas as coisas que Adelaide disse e não disse, quis e não quis, fez e não fez, sonhou, dispensou, leu, ensinou, aprendeu, amou e desprezou, tudo capota para dentro do buraco negro dessas cinco palavras.

O pai minguou, parece tão pequenino. Adelaide volta para junto dele, passa a mão pela sua cabeça, agora com pouco cabelo. Um restinho em formato de meia-lua na nuca. A pele do pai é milagrosamente lisa.

Adelaide tem vontade de ficar aqui, o fim de semana inteiro sentada ao lado dele acariciando esse restinho de cabelo. E nem vai ser trouxa a ponto de dar nomes aos bois, no caso, aos sentimentos: é muita coisa junta. E o todo é maior do que a soma das partes. Os sentimentos misturados dão numa paisagem mais ampla, indefinível, e Adelaide pensa que por ora pode só ficar aqui, sem querer que nada seja ou tenha sido diferente. É um baita de um descanso. Será que é possível? Isto: perdoar-se, perdoar-nos, perdoá-los. Exonerar-se de qualquer posto e só ficar aqui, junto deste homem velho que usa mais uma camisa xadrez e tem cheiro de sabonete e é seu pai.

De manhã cedinho, Rai lhe deu uma carona até a rodoviária de Resende, onde ela pegou o ônibus para o Rio. Na casa onde agora moram seu pai e sua tia, aguardavam-na para o almoço. Cida preparou para ela alguma coisa com batata-baroa e escarola. Um bife de fígado para o pai. Liga o aparelho de som novo em folha e pede que Adelaide escolha uma música.

Tanto faz?, Adelaide pergunta.

Tanto faz. Uma coisa animada, diz a tia.

Adelaide abre uma das cervejas sem álcool do pai, entrega a ele, lembra-se da festinha do menino na semana anterior. Voltou para casa um pouco tonta. E exausta. O pai pergunta se ela não quer um bife.

Cida diz Nelsinho, você esqueceu? Ela não come carne.

Não come? Por quê?

Porque ela tem pena dos bichos.

Adelaide deixa estar. O pai olha para o próprio prato.

Mas então por que é que você botou esse bife para mim?

Porque você come carne, Nelsinho. E porque você precisa comer fígado, o médico mandou. É bom para você.

Ele empurra o prato. Adelaide acha graça. O pai que em outros tempos chegava a comentar: a pessoa passa diante de um restaurante vegetariano e é todo mundo verde lá dentro, já reparou? Verde, magro, com aquela cara infeliz. Mas se você passar diante de uma churrascaria, ali não, ali as pessoas são coradas, saudáveis, alegres.

Arranjei um emprego, Adelaide anuncia. Começo segunda. Numa loja. É um trabalho simples, o dinheiro é pouco, mas por enquanto dá para arcar com as despesas.

O pai acompanha, olhando para Adelaide como se estivesse assistindo a um programa de TV, ela pensa. Não tem certeza absoluta de que ele esteja entendendo. Segura a mão dele por cima da mesa.

Vou trabalhar numa loja. Artigos esotéricos. Para os turistas.

Ele arregala os olhos e sorri, ela continua sem ter certeza absoluta de que esteja entendendo. Ele puxa o prato de volta e começa a comer o bife de fígado.

Cida diz que entende ela querer ficar num lugar mais tranquilo por enquanto. Pode ser mais fácil no começo.

No começo do recomeço do nada será como antes, Adelaide pensa, secundando a canção que pôs para tocar. O começo é o tempo todo. Quem não morreu ainda está vivo. Essa frase lhe ocorre assim, em seu truísmo comovedor.

Lá fora, os assobios dos saguis. Considerados uma praga no Rio de Janeiro. Espécie invasiva. O sagui transmite doenças, é predador, come ovos e pequenos pássaros, compete com as espécies locais. Não era daqui originalmente. Placas pedem: por favor não alimentem os saguis, mas as pessoas não se aguentam, eles são tão adoráveis. Vem cá, miquinho, uma banana pra você, ó. Adelaide pode ouvi-los assobiando lá fora. Mas o sagui começou a comer mais frutas do que ovos e aves na floresta da Tijuca, descobriu um pesquisador. No cocô do sagui, sementes de dezenas de espécies vegetais diferentes. Saguizinho está praticando jardinagem. Quem conta é Cida. Então agora tem a turma que é contra os saguis e a turma que acha que eles não são tão nocivos assim.

Quem não morreu ainda está vivo, sagui. Ser humano está capinando a mata para plantar boi. Ser humano está capinando a mata e despelando a terra para ver se encontra ferro manganês cobre alumínio zinco níquel cromo titânio fosfato ouro prata paládio — quem ainda está vivo ainda está vivo, quem já morreu já morreu, Adelaide pensa de novo. Morrer dos vivos. Viver dos mortos. O começo é o tempo todo e também o fim.

Três de copas, é claro. Um coração em número de três, três corações em número de um. Adelaide levou o tarô na mochila, junto com duas mudas de roupa. Cida comprou umas coisas de presente para ela, disse esta semana passei numa liquidação aqui na rua do Catete, se não gostar pode trocar. Então Adelaide se dedica a experimentar as roupas depois do almoço, enquanto o pai cochila na cama de solteiro do seu quarto de viúvo, encolhido debaixo da coberta. Outro dia Adelaide sonhou com o pai, ele estava deitado no sofá do antigo apartamento em Água Santa e sentia frio. Ele lhe pedia um cobertor, mas ela revirava o apartamento inteiro e não conseguia encontrar nenhum.

Três de copas. Vamos rir, conversar, compartilhar isto que se vive por enquanto. Ouvir música, mexer um pouquinho os ombros e os quadris ao ritmo. Sorrisos. Juntos.

Quando o cuidador do pai chega, mais tarde, saem todos para dar uma volta. O pai vai até a esquina, logo quer voltar. As amendoeiras, as acácias. O calçadão largo, ainda encapado pelas pedras portuguesas, ao lado da escola. Adelaide e a tia dobram à direita na ladeira da Glória. Paralelepípedos. Um grafite numa parede diz SE EU FOSSE VOCÊ. Outro diz MENGO. Outros dizem outras coisas. E as duas subindo, e Cida pedindo aguenta um pouco Adelaide que a minha sandália está escorregando do pé. Até o Outeiro. Mangueiras, palmeiras, buganvílias, um cobalto puro por cima de tudo, lá adiante a baía que parece uma pintura daquelas do século XIX, Adelaide pensa. Bem-te-vi e seu inciso. O casario de outros tempos, várias histórias sobrepostas.

Adelaide e a tia Cida tiram fotos. Selfies, baía ao fundo. É assim: quando você quer que as coisas caibam dentro da roupa da normalidade, age como se. Tudo é muito normal, natural, mesmo que não seja. E daí, em dado momento, passa a ser. E no fim das contas ela pensa: que bonita a cidade do Rio de Janeiro.

A tarde cai, anoitece, a noite se alarga, madrugada vem chegando. No sonho, Adelaide está usando o vestido azul. Caminha por uma trilha no meio do mato, e enquanto caminha vai tirando a roupa. Depois tira as sandálias, os anéis dos dedos, tira a calcinha, o sutiã, tira os brincos das orelhas, depois as próprias orelhas, o cabelo, vai passando as mãos pelo corpo e se despindo do próprio corpo. É indolor. Não há sangue, vísceras, ossos, nada disso. São só camadas do corpo que vão sendo descartadas como se fossem peças de roupa. O corpo vai se apagando tranquilamente e no final Adelaide continua caminhando mas não está mais lá a pessoa que executa a ação de caminhar. É como se só restasse a ação.

É contraintuitivo, paradoxal e parece fazer todo o sentido do mundo.

Adelaide se vira na cama, desperta ao se dar conta de que está dormindo na casa do pai e da tia. No anonimato dessa madrugada, sente o próprio peito se encher de uma gratidão que não sabe nem de que jeito acomodar para não sair voando, para não explodir feito fogos de artifício por cima da baía de Guanabara.

Sofia também sobrevoa os seus sonhos. Adelaide acorda de manhã pensando nela. Uma vez Sofia lhe contou sobre o relato terrível do Gênesis (era Derrida, ela disse, o filósofo, quem usava essas palavras, "relato terrível") e leu a longa passagem que sua memória foi lá nas aulas de catecismo reconhecer.

Deus fez os animais selvagens de acordo com as suas espécies, os rebanhos domésticos de acordo com as suas espécies e os demais seres vivos da terra de acordo com as suas espécies. E Deus viu que ficou bom. Então disse Deus: "Façamos o homem à nossa imagem, conforme a nossa semelhança. Domine ele sobre os peixes do mar, sobre as aves do céu, sobre os grandes animais de toda a terra e sobre todos os pequenos animais que se movem rente ao chão". Criou Deus o homem à sua imagem, à imagem de Deus o criou; homem e mulher os criou. Deus os abençoou e lhes disse: "Sejam férteis e multipliquem-se! Encham e subjuguem a terra! Dominem os peixes do mar, as aves do céu e todos os animais que se movem pela terra". Disse Deus: "Eis que dou a vocês todas as plantas que nascem em toda a terra e produzem sementes, e todas as árvores que dão frutos com sementes. Elas servirão de alimento para vocês. E dou todos os vegetais como alimento a tudo o que tem em si fôlego de vida: a todos os grandes animais da terra, a todas as aves do céu e a todas as criaturas que se movem rente ao chão". E assim foi. E Deus viu tudo o que havia feito, e tudo havia ficado muito bom.

O celular de Adelaide toca. Rai diz que precisa ir ao Rio hoje mais tarde entregar umas mesas de cabeceira. Ia mandar pela transportadora mas depois pensou que, já que Adelaide está por lá, quem sabe não podia ir levar as mesas de cabeceira ele mesmo e oferecer uma carona na volta. Ela pretende voltar hoje, se ele não está enganado?

Adelaide compõe mentalmente o desfecho da história. Ela e Rai. Brinca de arranjar as pecinhas em cima do tabuleiro. Não tem como saber, mas reconhece os vetores, reconhece a direção que a coisa parece estar tomando.

Uma vez George teve um namorado que era escritor. Aspirante a, o namorado dizia, mas todo aspirante a escritor escritor é — era sua tese. Adelaide gostava de conversar com ele à mesa do café da manhã, sempre demorado nos dias de domingo. Uma vez ele lhe contou sobre um projeto que tinha, um projeto de romance.

Futuro distópico, ele disse. As máquinas tomaram o controle do planeta. Os humanos ainda existem, mas foram escravizados pelas máquinas. Porém, há grupos de máquinas se voltando contra o, digamos, maquinocentrismo do mundo.

Mecanocentrismo, George corrigiu. Do grego. Aliás, as máquinas têm um deus. Talos, o gigante de bronze construído por Hefesto.

George era um homem culto. E às vezes um pouco pedante. Adelaide perguntou se fazia sentido que as máquinas tivessem um deus.

Claro, disse o namorado. Se elas foram inventadas e programadas por nós, que também inventamos e programamos os deuses, faz todo o sentido. Mas então. Esses grupos de máquinas dissidentes, eles são ativistas, militantes pelos direitos humanos. Entendeu? Então a história é um paralelo. O que nós representamos para os animais hoje as máquinas representariam para nós no futuro. E algumas máquinas são abolicionistas.

Adelaide fez que sim. E o que acontece na história?

Ainda não sei bem. Tenho esse cenário, disse o namorado.

George jogou um morango na boca e disse as máquinas dissidentes são presas pelas máquinas no poder e mandadas para a prisão como terroristas.

Isso é muito óbvio, disse o namorado. Eu quero um final feliz.

Adelaide diz a Rai que seria ótimo pegar uma carona. Se ele estiver mesmo disposto a vir até o Rio. São quase três horas de estrada, afinal. Eu faço em duas horas e meia, ele responde, vai ser um prazer.

As palavras ficam ali ecoando. Vai ser um prazer. Ela se pergunta o que diria um observador moralista disso que parece estar em curso entre ela e Rai. Essa queda livre. Mas se sente confortável naquela antessala, pensando que talvez o maior de todos os prazeres esteja bem ali. Vai ser um prazer — não: está sendo um prazer.

E quem sabe tudo o que se concretiza no amor seja de certo modo decepcionante? E não tenha como ser de outra forma? Ao mesmo tempo, a antessala não pode existir se não houver a promessa de concretização: a sala. Então aquele momento de antecipação lhe parece o mais feliz e o mais fugaz. Mas para lá da antessala ela realmente não sabe o que há, não sabe o que existe dentro da sala, e talvez prefira não saber.

Tudo, nesta manhã de domingo, canta, ela pensa. São cantigas alegres, às vezes tristes. Um piscar de olhos, esta manhã, esta vida, a passagem desta galáxia pelo universo — há um buraco negro sem restrições alimentares bem lá na meio, chamado Sagitário A*. Até ele, aliás, canta: não faz muito tempo ouviu uma gravação divulgada pela Nasa, o som que um buraco negro emite — o que está no centro do aglomerado de galáxias Perseu, nesse caso. É hipnótico. Ondas de pressão que saem do buraco negro causam ondulações no gás quente ao redor, e essas ondulações podem ser traduzidas em sons.

Um piscar de olhos. Ela pisa no jardinzinho atrás da casa do pai e da tia e é possível sentir a vida-morte-vida em tudo. Mesmo Sagitário A* é uma ideia passageira. Por dentro das árvores, debaixo da terra, nas folhas, nas pedras, os átomos alucinados, os pequenos pulmões dos pequenos animais, as antenas das formigas, os insetos que ela não enxerga, os mosquitos sedentos pelo seu sangue, os olhos compostos das abelhas, os múltiplos corações das minhocas. As coisas fervilham. Por que diabos achamos que mandamos em tudo isso, ela pensa. Não mandamos nem nas batidas do nosso próprio coração. Esse outro batuque às vezes alegre, às vezes triste. A gira da vida, esse grande transe, vida-morte-vida, tudo aqui, à flor da pele, ao alcance da mão, passando, passando, refrão da cantiga do Sagitário A*.

Ela fica ali, perambulando pela vida do pai e da tia naquele domingo. O pai vai largando o mundo aos poucos, é a impressão que Adelaide tem. Aos poucos e sem espalhafato. Cida disse que esses dias ele andou agitado, tendo muitos pesadelos, vendo aquelas pessoinhas, que é como ele chama. Essas pessoinhas falam com ele, fazem advertências, dizem frases veladas cujo sentido lhe escapa e depois ele fica preocupado e frustrado por um tempo. Mas esquece. Na sexta-feira ele se acalmou, diz a tia. Eu falei que você chegava no dia seguinte e tenho certeza de que ele entendeu e isso o acalmou. Adelaide, a minha filha, ele disse. Que estava morando no estrangeiro.

Cida usa o cabelo inteiramente branco bem curto, diz a Adelaide que faz muito tempo que perdeu a paciência para cuidar e hoje em dia quer um cabelo assim: que não precise se lembrar de que existe. Cida foi nadadora semiprofissional e ainda tem aquele porte extraordinário, um par de ombros sobre o qual o mundo parece não pesar quase nada.

Casou-se muito cedo, trabalhou na área de recursos humanos por alguns anos, não teve filhos embora tenha tentado, ficou viúva antes dos cinquenta. Às pessoas que lhe diziam você ainda é tão jovem, devia arranjar alguém, ela respondia que seu nome agora era Cida Independência.

Começou por aquela época a usar um batom vermelhíssimo, pintava a boca até para ir ao mercado. Depois acabou se cansando do batom, mas a independência continuou montando guarda na sua vida como um cachorro feroz. Quando voltou a viver com um homem, foi com o irmão — mas era outro arranjo e, graças a Deus, eles dormiam em quartos separados.

Ainda assim, Cida arregala os olhos para Rai quando ele aparece para buscar Adelaide depois do almoço. Serve um café, depois mais um (para a estrada), e com o café vai um pedaço de bolo de aipim porque a gente nunca deve servir um café às visitas sem alguma coisa doce para acompanhar.

É só um amigo, um novo amigo, Adelaide disse mais cedo — foi ele quem arranjou o emprego para mim na loja. Mas isso não impede que a tia perceba a atmosfera carregada entre os dois. E ele tem uma aliança no dedo, Adelaide salientou, mas a tia disse que se o ser humano fosse fiel por natureza não sentiria necessidade de andar por aí de aliança como se avisando: tenho dono. Por outro lado, Cida continuou, sempre existe a possibilidade de que o aviso seja outro, radicalmente diferente: tenho dono, mas o amor não.

Às vezes, disse Cida, parece que as alianças de casamento poderiam muito bem significar isso. Desobrigar os amores de toda essa burocracia das relações oficiais e deixá-los pairando na esfera da poesia, das possibilidades, dos encontros eventuais, ditos clandestinos, em lugares alternativos, em situações alternativas, com o glamour dos filmes. Amores sem futuro, ela disse, que maravilha, o delicioso caldo do presente e nada mais. Adelaide olhou intrigada para ela. Conhecia a tia muito menos do que supunha.

Quando acompanha Rai até a picape, estacionada em frente à casa do pai e da tia, Adelaide pensa naquelas incansáveis brincadeiras de pique alto na infância em que jogava o corpo de qualquer maneira em qualquer coisa, superfície, degrau, objeto, o que tivesse condições de tirá-la do chão. Impressionante como praticamente não havia cuidado com o corpo. Não por acaso se machucavam tanto, alguns até quebravam ossos. Atiravam-se, era tudo. Atiravam-se na brincadeira sem medir as consequências.

Na picape, que não parece nem velha nem nova, só funcional, ele pergunta se ela quer ligar o rádio, ela diz que sim. Vai passando pelas estações até que aquela música explode.

Ela conhece. Reconhece. A música invade o espaço entre eles, ao redor deles, em toda a sua vastidão, e Adelaide é transportada no mesmo segundo para o carro de Sofia, para aquele longo trajeto que fizeram quando foram juntas ao santuário de animais. O carro caindo aos pedaços, cheirando a mofo por dentro porque nos longos invernos entravam ali com botas e casacos cobertos de neve e tudo ia derretendo e ficando e Sofia não ligava a mínima. Sofia disse umas palavras eruditas, Beethoven estava anunciando a música do futuro aqui. Não desenvolveu o comentário, apenas deixou aquele segundo movimento da sétima sinfonia altíssimo entre as duas enquanto rodavam por uma planície que não parecia ter fim.

Desculpe, Rai diz, está muito alto, e abaixa o volume.

Não, não abaixa, diz Adelaide. Deixa tocar até o final.

É curioso, ela pensa, curioso e comovente que aquela curta viagem comece assim, com uma música que a leva para junto de Sofia. O pedaço de sinfonia de Beethoven enche seus olhos d'água, mas Rai não vê.

É com algum alívio que Adelaide constata que os silêncios eventuais não parecem incomodar nem a ela nem a Rai. Quem será a pessoa por quem a mulher dele está apaixonada, se pergunta, no espaço de um desses silêncios. Será que ele sabe quem é? Será que é alguém de Nossa Senhora da Guia, dos arredores, ou será que é de longe? Uma mulher apaixonada é algo estridentemente visível, Adelaide pensa. E o que é mais curioso, essa mulher deve se tornar irresistível para quem está com ela, mesmo que não seja essa pessoa o alvo da paixão. Uma mulher apaixonada é uma festa.

Adelaide pensa no mundo animal. Elefantes-marinhos de duas toneladas brigando pelas fêmeas. Sapos que, por outro lado, preferem ficar na deles enquanto os rivais se esgoelam de tanto coaxar: vem uma fêmea, sapo calado e descansado leva a melhor. As girafas apreciam um flerte e noventa por cento das suas relações são homoafetivas. Entre os leões, grupos de machos se unem (e têm relações sexuais entre si) para cortejar leoas. Os cisnes, monogâmicos, às vezes escolhem parceiros do mesmo sexo e é comum adotarem ovos abandonados. Os muriquis: todo mundo namora todo mundo numa boa, como numa velha comunidade hippie. Não há brigas. Em compensação, a mãe cuida sozinha da cria, já que ninguém sabe quem é o pai de quem.

Leila ainda não apareceu para visitar. Mas esses convites, ela sabe, nem sempre são levados a sério, e as respostas tampouco — vou sim, qualquer hora dessas apareço por lá.

Vem chuva, Rai diz.
Você acha?
Vem chuva, ele faz que sim. Adelaide.
Hum.
Eu queria te dizer que sei por que você foi para lá.
Para lá?
Para Nossa Senhora da Guia.
Mas eu já te disse. Tantas vezes. As pessoas me perguntam isso como se fosse meio absurdo eu ter ido para lá, ter ido sozinha.
É meio absurdo. Mas eu sei que aconteceu alguma coisa. Sei o que aconteceu.
Adelaide não gosta daquela conversa. Não diz respeito a ele, nada do que lhe aconteceu diz respeito a ele, nada do que viveu ou deixou de viver ou fez ou deixou de fazer.
E isso importa?, ela pergunta.
Não é que importe, mas a esta altura não somos amigos? Eu e você? Não podemos conversar abertamente?
Tá bem. O que aconteceu, e que pelo visto você já sabe, foi que eu passei alguns anos na prisão. Três anos. Mas pelo visto você já sabe.
Desconfiar sempre e muito. Mas puta que o pariu, Sofia, desconfiar dá trabalho demais. (Você não devia se abrir com ele. Vai se arrepender. Vocês não são amigos.) Ele só faz que sim, sem tirar os olhos da estrada.
Não foi aqui no Brasil, ela diz. Mas você também sabe. Sabotagem. Será que tem alguma coisa que eu possa te contar sobre isso que você ainda não saiba?
Não sei de todos os detalhes. Sei o que está na internet, e nem é muito. Você já deve ter feito essa pesquisa também.
Um milhão de vezes. Uma vez na rede, sempre na rede.

Mas eu queria dizer que não comentei com ninguém. Nem mesmo com a Leila. Ela não sabe o seu sobrenome. E eu não vou dizer.

Adelaide fica em silêncio e ele também. Beethoven acabou, ela diminuiu o volume e não reparou no que tocou em seguida. Naquele intervalo de silêncio, o locutor anuncia Granados, alguma coisa cujo título Adelaide não entende.

Talvez porque estivesse esperando o momento certo de dizer isso, Rai retoma o fio pelo qual parece querer seguir: não vou comentar nada com a Leila. Não tenho comentado muita coisa com ela.

Adelaide faz que sim.

Isso não te surpreende, ele diz, mais do que pergunta.

Não. Achei que as coisas talvez estivessem um pouco esquisitas. Quando fui à sua casa na festinha. Mas não conheço vocês.

Esquisitas, ele diz. Quem dera fosse só isso. Quem dera as coisas só estivessem esquisitas.

Granados, piano, no rádio.

As coisas estão é uma merda. Ela tem outra pessoa.

Adelaide faz que sim.

Não me diga que isso também não te surpreende, ele diz. É tão visível assim?

Depende.

Depende do quê?

Depende de como se observa, eu acho. Não sei. Vai ver eu aprendi a confiar nas primeiras impressões, você não acha que a gente quase sempre acerta?

Você disse que foi casada. Com um estrangeiro.

Eu me casei com ele para regularizar a minha permanência, para poder morar lá. Casamento branco, já ouviu falar? É a expressão que se usa. Ele é um amigo. Era um amigo. É um amigo, não sei, faz tempo que não nos falamos. Foi preso na mesma ocasião em que eu fui.

(Você não devia ter contado a ele. Vai se arrepender.) Adelaide tem vontade de dizer a Sofia que de repente falar está sendo bom e que não tem absolutamente nada a perder. (Desconfiar sempre e muito!) Mas ela confia em Rai. Confia nele. Não tem motivo. Confia. (Isso das primeiras impressões é uma fantasia, Adelaide. Como você pode ser ingênua a esse ponto.)

Você já fez um bocado de coisa na vida, ele diz.

Fiz.

Ele suspira. Eu te invejo, sabe? Viajou, conheceu outros lugares.

Fui presa.

Ela ri do absurdo, ele também. Vê, Sofia? Vê como pode ser fácil? Confiar, confiar sempre e muito.

Eu também te invejo, ela diz. Você faz coisas. Móveis, objetos bonitos. Eu nunca fiz nada assim, só destruí coisas. Destruí muitas coisas.

Eles deixam a Baixada Fluminense para trás, sobem a serra das Araras. A vegetação mais densa. Aquele monte de caminhões, sempre, na Dutra. As lanchonetes de beira de estrada oferecendo café, caldo de cana. Uma casa com as palavras COMIDA CASEIRA pintadas em letras vermelhas garrafais no muro. Um caminhão imenso com as palavras BIG BOI.

Eu nunca deveria ter ido embora do Rio, ele diz. Acabei me metendo num buraco. Onze anos naquele buraco.

E qual seria a outra vida que você gostaria de ter, se estivesse no Rio?

Sabia que eu sou músico de formação? Fiz Escola de Música, flauta transversa. Meu pai é marceneiro, foi quem me ensinou o ofício, e comecei a trabalhar com ele muito cedo. Foi o que sustentou meus estudos. Então conheci a Leila.

Vocês podiam ter ficado lá. No Rio.

Ela não queria. Detesta o Rio.

Adelaide abaixa o rosto, coça uma picada de mosquito junto ao punho direito. Fez uma tatuagem ali na prisão. Jacqueline, que era uma das tatuadoras, perguntou o que ela queria e Adelaide, pensando em Montenegro, disse um navio.

Que tipo de navio?

Um navio pirata.

Por que você me ofereceu carona, Rai?, ela pergunta. Ontem até Resende, e hoje isso, essas horas todas de estrada?

Ele solta um "hum" pelo nariz como se ela tivesse feito uma pergunta realmente surpreendente sobre um assunto que ele ainda não houvesse considerado. E na pausa que se segue parece estar fazendo algum complicado cálculo mental, resolvendo alguma equação.

Porque eu gosto de você, gosto da sua companhia.

A candura deixa Adelaide desconcertada. Ela não sabe o que esperava que ele respondesse, mas não eram essas palavras ao mesmo tempo diretas e desafetadas, que não parecem querer transformar a situação em algo mais (ou menos) do que aquilo que é. Passam por aqueles alagados que ela não sabe o nome que têm pouco antes de chegar a Piraí. O céu está pesado.

Houve uma pessoa, Adelaide diz. Uma amiga. Ela se chamava Sofia. Era, digamos assim, o cérebro por trás de tudo o que fazíamos com o nosso grupo, os protestos, as ações de sabotagem. A gente quase que não se dava conta, mas a argumentação de Sofia sempre vencia qualquer outra. O que talvez seja o segredo dos bons argumentadores, ganhar a luta sem dar a impressão de que estão se esforçando para isso, e sem que os outros saiam com a sensação de que foram derrotados. Ao contrário, a gente se sentia cada vez mais aliado dela, como se ela estivesse — como vou dizer? — desvelando o mundo, mostrando exatamente o que queríamos ver. Ela era pequena, parecia quase frágil. Tinha uns olhos imensos e expressivos e falava pouco, mas dizia o que fazia diferença. Era casada com um homem chamado Santiago, que parecia ser o seu exato oposto em tudo. Um cara alto, forte, que gostava de falar, de fazer discursos. E a gente sempre ouvia o que ele tinha a dizer, às vezes ele discursava durante um tempão. Então vinha Sofia e com uma frase mudava a direção das coisas, oferecia um ponto de vista em que ninguém tinha pensado, ou mesmo uma solução que não havia ocorrido a ninguém. E todos ficávamos agradecidos, inclusive ele. Santiago e Sofia me pareciam tremendamente felizes juntos. Nós éramos um grupo de ativistas pelos direitos dos animais.

Adelaide acrescenta essa última informação quase como uma nota de rodapé e aguarda o comentário que ele não faz. No rádio, uma melodia bonita que parece vir de um tempo muito distante.

Nós fomos presos, ela diz, depois que incendiamos um laboratório de pesquisa que tinha acabado de ser construído.

Não quer entrar nos detalhes. Além de ainda não ter criado casca na ferida, ela desconfia que haja uma curiosidade mórbida por parte de qualquer ser humano para saber como exatamente foi. Isso de ter sido presa, de ter ficado encarcerada durante três anos. Feito os acidentes na estrada: as pessoas diminuem a velocidade para ver e sentem mesmo uma espécie de frustração quando o acidente não é terrível o bastante.

A música que estava tocando quando entramos, ela diz. Beethoven. O segundo movimento da sétima sinfonia. Sofia gostava muito. Ela era culta, muito mais do que eu vou chegar a ser um dia. O que aprendi com ela nos anos em que convivemos! Mas não estou me referindo a música, arte, nada disso. Com Sofia eu aprendi a pensar de um jeito diferente. Este ano, sabe?, eu li, não faz muito tempo: governo Lula proíbe o uso de animais em testes de cosméticos e perfumes. Essa proibição que já existe em vários países, em toda a União Europeia, na Índia, na Coreia do Sul, não sei onde mais. As empresas vão ter um prazo de dois anos para adotar métodos alternativos. Tudo caminha muito devagar, Rai. Ouvi uma vez um ativista falando de uma espécie de visão poliana das mudanças sociais num documentário. Havia um matadouro lá nos Estados Unidos, no Oregon, nunca estive no Oregon, dizem que é bonito, mas havia um matadouro que abatia cavalos selvagens e enviava a carne para a Europa. Foram anos e anos de protestos pacíficos da comunidade. Até que um ativista pôs fogo no lugar. E pronto.

Rai continua em silêncio, e de repente Adelaide sente vontade de falar, de cuspir tudo aquilo em cima dele como se tivesse ficado entalado em sua garganta por tempo demais.

Ao longo da minha vida foram tantas e tantas conversas, discussões, tanto bate-boca, ela diz. Argumentações infinitas. E sempre, sempre a agressão ou o deboche quando as pessoas ficam sem resposta. E no fim das contas, o que essas pessoas consideram um truísmo inquestionável: são só animais. São só ratos, bois, vacas, porcos, coelhos, rãs. São só peixes, crustáceos, galinhas. Essa amiga, Sofia, ela se tornou uma pessoa muito importante para mim.

Rai pergunta o que houve com Sofia. Adelaide responde que foi encontrada morta na cela onde estava presa. Passa o dedo sobre o navio pirata, a tatuagem no punho.

A música bonita continua saindo pelos alto-falantes do carro, quase nada. Vozes cantando sem vibrato, lisas, cristalinas, como se viessem de seres astrais ou espirituais ou coisa do tipo, Adelaide pensa, e não de gente de carne e osso.

Preciso ir ao banheiro. Você poderia parar naquele posto?

Na lanchonete do posto de gasolina, uma faxineira está limpando o banheiro. Olha para Adelaide quando ela entra. Seu nariz tá sangrando, moça. Adelaide para diante do espelho. A mulher traz um rolo de papel higiênico. Aqui. Vira a cabeça pra trás um pouco. Adelaide agradece. Entra numa das cabines, fecha a porta, abaixa a calça, a calcinha, senta-se no vaso, vira a cabeça para trás e encosta na parede. Sente o gosto do sangue descendo pela garganta. Sofia era melhor do que todos nós. Sofia não colaborou, foi o que faltou dizer a Rai. Todos nós colaboramos. Ela não. Quando Adelaide volta até a fileira de pias para lavar a mão, a faxineira já não está mais ali. Pelo sim, pelo não, Adelaide leva um pedaço de papel higiênico no bolso. Mas o nariz não volta a sangrar.

Depois de Barra Mansa, vão ladeando o Paraíba do Sul. O rio corre à sua direita, companheiro de viagem por um tempo, Adelaide fica tentando vê-lo da janela. Falam pouco no restante do trajeto.

Adelaide olha para o homem ao seu lado, no volante. Ele olha rápido para ela, volta o rosto de novo para a estrada. Ela vai abrir a boca para dizer qualquer coisa (Sofia não colaborou? Todos nós colaboramos, ela não?), mas ele diz, um segundo antes, você é bonita.

As suas mãos pelos braços dele. Como se ela pudesse construir alguma coisa bela também. Por fim a chuva despenca lá fora, em cima das árvores, da terra, das folhas, das pedras, da pele que uma cobra largou não muito longe dali. As minhocas vêm todas para a superfície. E depois as aves farão um banquete. As suas mãos pelos braços dele. No centro da galáxia, um buraco negro de nome Sagitário A* vai roendo tudo enquanto cantarola uma melodia para ninguém.

Ela não quer que isso seja delicado ou sutil: quer enlaçá-lo com força, quer sentir esse gosto pela primeira vez. A língua dele e a sua e o gemido que ela solta porque em sua fantasia, em suas fantasias, era bom, mas não tão bom assim. A sua boca e a dele, ele a encosta na parede da casinha na Lapa, que é dele e é também um pouco dela, Adelaide pensa na ironia, ele passa os braços pelas suas costas, o gosto, o gosto desse homem, o cheiro desse homem. E ele beija o seu pescoço e a roupa comprada pela tia na rua do Catete se abre sob as mãos dele. Ela se abre sob as mãos dele e é exatamente isto o que deseja. Exatamente isto.

É muito fácil fazer escorregar uma alça de sutiã, a mão dele segura o seu peito enquanto a boca roça no bico eriçado, um gemido, ela sente a língua dele sobre o bico do peito, a boca toda, ela levanta a cabeça e olha para cima e vê uma pequena mancha de infiltração no teto.

Adelaide tira a roupa dele com pressa, a camiseta, a calça, leva-o pela mão para a cama, senta-o na beirada e põe a cabeça entre as pernas dele, a boca entre as pernas dele. Duro dentro da sua boca, o gosto dele na sua língua. Rai, esse homem, enquanto geme enquanto afaga o cabelo de Adelaide, ela não quer que isso seja delicado ou sutil nem violento e tosco, quer uma melodia como esta, de chuva, em todos os espaços, quer este homem agora em todos os espaços.

Deita aqui, ele diz, e ela se deita, e sente a língua dele entre as suas coxas entre os seus lábios como se não houvesse outra coisa por acontecer no mundo. Despenca a chuva lá fora, em cima das árvores, da terra, das folhas, das pedras.

O corpo dele sobre o dela. Dentro, lentamente, agora ela quer que seja assim, segura-o com a mão e o conduz, lentamente. O corpo dela sobre o dele. Ele segura os braços de Adelaide com as mãos enquanto ela desliza o quadril sobre o quadril dele.

Agora Adelaide tem mais coisas do que conseguiria guardar na mochila. Trouxe do Rio uma bolsa de viagem com três ou quatro livros que comprou num sebo. Mais as roupas que a tia Cida deu de presente, no fim de semana anterior. Foi boa a sensação de arrumar as roupas novas nas gavetas, organizar os livros em cima da cômoda.

Em algum momento, quando estiver morando num lugar menos temporário, precisa pensar em recuperar as caixas que deixou guardadas por aí, já mal se lembra o que havia nelas. De todo modo, não perde aquilo de vista: o que deixaria para trás caso tivesse que ir embora às pressas. Quase tudo, deixaria quase tudo. Levaria as fotos, os recortes de jornal.

Nesta época do ano a luz começa a ficar mais enviesada. Tenta descrever com palavras essa luz num e-mail que está escrevendo para George e a descrição é sempre incorreta, insuficiente. Nesta manhã de sábado, oito horas ainda, ela se senta diante da mesa de quatro lugares com a infalível e insubstituível xícara de café. A luz entrando pela janela da sala é bonita (ela procura outros adjetivos mas conclui que deve ficar com esse: bonita). Ouve o joão-de-barro lá fora, a corruíra. Ontem à noite ouviu o bacurau. O fedegoso está florido. Quer contar todas essas coisas a George enquanto digita no espaço reduzido do celular, mas não sabe se o vocabulário dele em português dá para tanto. E ela não sabe os nomes em inglês daquelas coisas. De todo modo, parecem ser palavras demais para tela de menos.

Diz-se por aí que os seres humanos têm, em média, vivido mais, ela escreve. Então é possível pensar em reencarnar sem morrer, quem sabe. Pague uma vida e leve duas ou três, uma pechincha e tanto. Como naquele sonho que ela teve, o sonho em que ia tirando a roupa e depois a pele também, ia se despindo de si mesma. Ao pensar no sonho, agora, se lembra daquele vídeo da canção de Leonard Cohen. A moça vai tirando a roupa e no final veste um hábito que Adelaide supõe ser budista, zen-budista, talvez — era um espaço pelo qual o compositor transitava, afinal. A moça senta-se em posição de meditação no alto de uma pedreira. E se põe a levitar. Leonard Cohen canta *I fought for something final, not the right to disagree*. Eu lutava por algo definitivo, não pelo direito de discordar.

Durante a semana, depois que ela voltou da visita ao pai e à tia no Rio, continuou chovendo. Ir de bicicleta para o seu novo trabalho na Guia era um tanto traiçoeiro. Adelaide comprou uma capa de chuva na segunda-feira, mas a água sempre dava um jeito de trepar pelas pernas, ela chegava à loja molhada e enlameada. Levava uma calça limpa dentro da mochila, o par de tênis que Cida lhe deu de presente. Nos pés, pedalando, as botas impermeáveis de montanhismo que tem há uma década já viram muito chão e muita chuva e continuam valentes.

O céu tinha desaparecido. A atmosfera inteira era um pé-d'água com variações. A água escavava sulcos no chão, ao lado da casa, ia escorrendo pela terra, vertendo do telhado, e as árvores se agitavam enquanto a chuva caía daquele manancial que parecia infinito. Adelaide precisou lavar umas roupas e estendeu por ali mesmo, dentro de casa, como foi possível. Os cachorros que em poucos dias adquiriram o hábito de correr atrás dela na estrada tiraram folga. Muito complicada aquela função com aquele tempo. Ficavam deitados numa varanda, no vão de uma pedra, onde encontrassem proteção. Adelaide podia vê-los de longe, eles erguiam a cabeça, aprumavam as orelhas, olhavam fixamente para ela enquanto a bicicleta passava, como se dissessem aproveita que a gente resolveu te dar um descanso.

A emoção de escrever para George é tamanha, e tamanha a esperança de que ele receba o e-mail e responda, que ela faz cerimônia com o que escreve. Volta atrás, apaga, reescreve, quer ficar só no essencial, não quer ficar só no essencial, quer escrever uma mensagem breve, quer escrever uma carta longuíssima.

Lembra-se de que por esses dias seria o aniversário de Manuel, o professor de francês. Onde andará? Manuel, um professor sempre um pouco magoado com seus alunos. Adelaide recorda aquele semestre em que ele encasquetou com um aluno específico de uma turma de literatura. Era um rapazinho arrogante, Manuel dizia, sempre criativo na hora de fazer perguntas capciosas na tentativa de deixar o professor em maus lençóis. Mas isso é tão comum!, Adelaide dizia. O nome dele é Legião. Manuel era uma pessoa doce. Suscetível. Levava tudo no mundo a sério.

Não esquenta a cabeça com esse moleque, Manuel. Vem, vamos dormir.

Tenho que acabar de preparar a aula.

Manuel preparava as aulas com uma dedicação enorme, ainda que o número de alunos fosse cada vez menor. Era admirável, mas Adelaide achava que era, também, talvez um pouco excessivo. Aluno nenhum merecia aquilo.

Um ou outro merece, ele dizia. De tempos em tempos aparece alguém que merece.

Manuel era um professor subaproveitado pelo mundo.

Adelaide entende que um dia seu adorável professor de francês tenha dito o proverbial para mim chega. A vida dela ganhou contornos tão obsessivos, a partir de um determinado momento, que ele precisou ir buscar a felicidade em outro convívio, porque aquele já estava deixando a desejar. Ela se lembra do muito que chorava naqueles tempos e pensa, puxa, não era por ele que chorava. Não: antes fosse, o que é algo bem cruel de se pensar.

Levanta-se da mesa da sala, vai até o quarto, até a cama.

Em algum momento, no domingo que passou, estava deitada ali com Rai, de costas para ele, num quase cochilo. E então sentiu os dedos dele em sua nuca, sobre as suas vértebras, como se as fosse contando uma a uma, as cervicais, as torácicas, as lombares. Ele sabe alguma coisa do seu corpo agora. Conhece bem as suas vértebras. No domingo, ele ficou com ela durante um par de horas, na cama que ele mesmo fez, no chuveiro que ele mesmo mandou instalar, tirando o cheiro dela do corpo antes de voltar para casa. Tirando junto com ela o cheiro dela do corpo. A ironia.

Ela pensou: o respeito, ainda. Mesmo ele dizendo que o seu casamento está uma merda, mesmo havendo outra pessoa na vida de Leila e, pelo que Adelaide entendeu, esse não ser um pressuposto entre eles, o de outras pessoas na vida de ambos. Sim, o respeito, ainda. Algo de respeito. E com sorte acabe-se o amor, acabe-se o desejo, acabe-se tudo o que tiver de acabar, mas fique a alquimia do respeito.

Ela não vai mexer nisso. Mas como não se afeiçoar a ele? Já pode sentir como que uma nova organização dentro do próprio corpo.

Uma vez ela viu ou leu uma história interessante sobre as moléculas da água reagindo a diferentes tipos de sons. Era a pesquisa de um cientista japonês. Não sabe se a coisa era mesmo cientificamente válida, mas que importa? Era fascinante, a ideia era fascinante, e nunca se esqueceu. Ele punha palavras gentis ou músicas harmônicas para tocar e a água formava estruturas cristalinas e simétricas. Já palavras e músicas agressivas davam em cristais deformados, em estruturas caóticas. E como setenta por cento do corpo humano é formado por água, segundo o pesquisador japonês aquilo que ouvimos teria relação direta com o estado das coisas dentro de nós.

Ela pensa nisso agora e vê em seu corpo paisagens inteiras se formando, cristais variados. Uma outra organização. Rai é uma novidade que ressoa e produz ecos dentro dela, dentro do seu corpo. Mas ai de você, ela pensa, se quiser que a vida seja bidimensional e retilínea, sequencial, assim, isto ou aquilo outro, sem as contradições, sem as ambivalências. Ela não sabe muito bem que tipo de harmonia é aquela, se consonante, se dissonante, se os cristais da água estão parcialmente simétricos e parcialmente deformados, tudo ao mesmo tempo. Tudo ao mesmo tempo: é o que parece mais plausível.

Passou algumas vezes perto da marcenaria sob a chuva. Resistiu à tentação de parar e entrar. E o telefone, ela também tem resistido à tentação. Contribui para isso o fato de que ainda não sabe muito bem quais são as regras entre ela e Rai, qual exatamente é a toada do momento, e não quer pisar no pé de ninguém. Para todos os efeitos, é a inquilina dele. Para todos os efeitos, ele é o seu senhorio. Que palavra essa, ela pensa. Senhorio.

Uma relação cordial entre os dois. Rai telefonou para o amigo dono de uma loja de artigos esotéricos com o singular nome de Incensatez, e graças a isso Adelaide agora passa as manhãs e as tardes entre pedras com runas gravadas, pacotes de incenso, velas, óleos essenciais, imagens de deuses e deusas, cristais, livros sobre o sagrado feminino, sobre maçonaria, sobre numerologia, umbanda, anjos, faraós, budismo, os Evangelhos e os Upanixades, mais toda sorte de sinos, brincos, colares, japamalas e uma infinidade de objetos. Ela fica ali pelo cantinho do tarô, espiando a literatura que o dono da Incensatez tem sobre o assunto. Não é muito extensa. Uma de suas tarefas é sempre manter um bastãozinho queimando na seção de incensos. Tem experimentado diferentes opções e às vezes chega a uma barafunda de cheiros que não sabe se vai atrair os clientes ou repeli-los. De todo modo, nesta semana de chuva o movimento está fraco. À tarde ela veste a capa impermeável, pedala de volta à Lapa.

George teria gostado daquela casinha na Mantiqueira? Por dois dias, talvez, ela acha. Depois ia começar a ficar indócil. Tem esse show em São Paulo no fim de semana, Adelaide, vamos?

George apreciava a ideia de estabilidade, de fixidez. Havia contado a Adelaide sua história. A mãe era ainda adolescente, dezesseis anos, quando ele nasceu. Estavam em meados dos anos setenta. Ela era tão radicalmente fora do sistema que por sorte não despencou de vez pelas bordas do universo observável e sumiu.

Durante algum tempo, quando ele tinha cinco ou seis anos, moraram num carro, o que nos primeiros dias pareceu ao George menino uma aventura e tanto, mas uma aventura que ele achava que fosse logo terminar. Quando ficou claro que não terminaria tão cedo, ele começou a ter pesadelos invariáveis, tudo parecia tão desgarrado, o seu próprio corpo não lhe dava a impressão de ser sólido o suficiente. Voltou a molhar a cama à noite — o banco do carro, no caso. Sonhava que estava no mar, flutuando, sem absolutamente nenhuma terra à vista. Sua mãe comprou um plástico para forrar o banco. Então, quando ele por fim meteu o pé na porta da vida adulta, elaborou a arrebatadora imagem de um George constante, controlado, invariável, e disse daqui ninguém me tira. Casar e ter filhos. Arranjar um emprego, um lugar onde morar de preferência para sempre.

A imagem ficou ali, plantada na vida dele sem que nenhuma das suas atitudes viesse a corroborá-la. Uma espécie de divindade para a qual ele tivesse erguido um elaborado altar mas na qual no fundo não acreditasse. A verdade era que ele tinha mesmo muito da mãe. Aquela mãe que, como talvez fosse de supor, ele perdeu cedo demais, num acidente de carro, quando ela atravessava as montanhas em meio a uma tempestade de inverno. Podia ter acontecido quando George tinha cinco ou seis anos e estivesse ao seu lado. Aconteceu quando ele tinha vinte a mais e estava na Guatemala passando uns dias com um homem bem mais velho que havia conhecido num aeroporto.

Ela acabou, no fim das contas, ele disse, despencando pelas bordas do universo observável. Esse universo se chamava a encosta de uma estrada no coração das montanhas Rochosas.

Onde será que George está, Adelaide se pergunta. Chegaram as notícias de que ele já estava fora, livre. Adelaide tinha medo de tocar nesse assunto consigo mesma. Os outros, Isaac, Santiago, céus, como pensar (e como não pensar) em Santiago? Karen, que teve atenuantes, pegou uma pena mais curta e foi visitar Adelaide uma vez na prisão. Deu notícias mais detalhadas dos outros.

Santiago ainda estava preso, Adelaide sabia, quando ela foi solta. Devia ter ido vê-lo. Não devia. Ele estava do outro lado do país. Ainda assim: devia ter ido vê-lo. Não devia. Não sabia ao certo.

Quando arremata o e-mail para George, no qual acabou escrevendo muito pouco, e clica no ícone para enviar, quase beija a tela do celular como as pessoas faziam no passado com cartas escritas em papel. Para dar sorte. Para que George ainda use aquele e-mail, para que sua mensagem não caia numa caixa de spam e só venha a ser descoberta daqui a seis meses, para que ele leia. Para que responda.

Na cozinha, uma barata desaparece por baixo da porta quando Adelaide acende a luz. O céu já está clareando e parece que hoje não chove. É o dia de folga na loja, uma segunda-feira, e Adelaide acha que poderia caminhar um pouco pelas montanhas. Tanta gente vem de fora para isso, afinal. E ela está logo ali.

Vai preparar um café, não encontra o coador. Tinha certeza de que estava na gaveta. Não há nada por lavar na pia. No secador de louça, um prato, alguns talheres. Encontra o coador dentro da geladeira quando vai pegar uma banana que já estava ficando um pouco passada. Onde estava com a cabeça?

Às vezes tem a impressão de que as coisas andam lhe pregando peças, desde o passaporte se escondendo no bolso da mochila em plena fila da Polícia Federal. A mensagem que mandou ontem para George desapareceu do celular. Não está entre as enviadas nem entre as excluídas. A ponto de ela se perguntar se escreveu mesmo aquele e-mail ou só imaginou ter escrito.

Com algumas pesquisas vê que há uma trilha pouco frequentada que começa não muito longe da sua casa. Vai estar enlameada. Não importa. Uma vez Sofia a levou numa trilha quando estavam no coração do inverno e a neve em alguns pontos chegava à altura dos joelhos. Sofia cantarolava baixinho enquanto andavam. O ar frio fazia os pulmões doerem. Havia algum pressentimento de adversidade naquela manhã, anos antes, mas Adelaide não sabia definir. E Sofia não parecia sentir nada de anormal. Caminhavam sem falar, arrancando as pernas de dentro da neve a cada passo, e Sofia cantarolava baixinho.

Ela veste o casaco, as velhas botas de montanhismo. A mochila é grande demais para uma garrafa d'água e um lanche, mas ela não tem outra. Encontra a entrada da trilha andando pela estrada de terra na direção oposta à da Guia e tomando uma estradinha secundária bastante deteriorada. Mas a paisagem é bonita. A mata que vai se adensando como se um mundo fosse progressivamente ficando para trás e outro estivesse começando. No início da trilha, há uma pinguela sobre um riacho. Ninguém além de Adelaide por ali.

Como não se lembrar dos tempos que passava perambulando pelas terras nos arredores da casa do avô? As borboletas-amarelas, as suas descobertas. Naquela época, não sentia medo de nada. Agora, tem uma sensação de que o lugar oferece uma levíssima resistência que é quase física. Lembra-se mais uma vez da caminhada com Sofia, neve pelos joelhos. Aquela sensação de que algo está um pouco fora do esquadro — e de que esse algo talvez seja ela mesma. Dito de outro modo: não tem certeza de que é totalmente bem-vinda ali. Mas é uma impressão sutil e não a perturba a ponto de fazê-la virar as costas e voltar para a segurança da casa. As aves e os insetos são invisíveis, mas enchem a manhã com seus sons. E ela está em tamanha desvantagem ali que se a floresta quisesse poderia engoli-la, degluti-la por inteiro, e ninguém ficaria sabendo.

Lembra-se de Isaac contando de um tio que tinha ido servir no exército de Israel. Parte do treinamento, segundo esse tio, consistia em apunhalar um saco de lona dentro do qual havia gatos vivos. Para que os soldados em treinamento aprendessem a não titubear quando fosse o inimigo. Sentir a lâmina cortando a carne de um corpo vivo. Saber fazer isso. Fazer isso. Adelaide não sabe por que se lembra disso agora e não sabe se a história é verdadeira. De todo modo, conforme vai caminhando com certa dificuldade (sim, lama) pela trilha, ela pensa na possibilidade concreta de que um dia todo o mundo não humano se amotine. Lembra-se também da história de ficção científica narrada por aquele antigo namorado escritor que George teve. As máquinas criadas pelos humanos tentando dar um jeito na catástrofe ética dos humanos. A coisa era complexa, mas ela espera que ele tenha escrito a história.

Finalmente ouve vozes de outras pessoas mais adiante na trilha. Fica aliviada e decepcionada na mesma medida. Parecem estar vindo em sua direção. Sabe, pelo que viu no mapa, que essa trilha menos popular vai dar em outras que vão dar em outras que integram célebres roteiros de travessias envolvendo pernoites na serra com maior ou menor habilidade de alpinismo. Leu que há uma Trilha Transmantiqueira, que começa no antigo Horto Florestal da cidade de São Paulo e termina quase mil e duzentos quilômetros depois — seja na Janela do Céu, no Parque Estadual do Ibitipoca, em Minas, seja mais ao norte, no município de Itumirim.

Poderia ser um projeto. Ela tem certeza absoluta de que se fizesse uma travessia de mil e duzentos quilômetros na serra da Mantiqueira chegaria do outro lado outra pessoa e poderia meter as mãos no clichê, virá-lo do avesso para que deixasse de ser clichê e então recomeçar. A outra travessia. Será por isso que as pessoas vão inventando coisas sublimes como uma Trilha Transmantiqueira? Fazendo pequenas travessias para dar conta da travessia maior? Uma sensação de algo por fim realizado, ela pensa. Se nada mais desse certo, haveria isso, ao menos isso. E não seria pouco. Poderia mesmo ser o objetivo de uma vida.

As vozes estão mais próximas. Ela tenta ver as pessoas descendo mais adiante na trilha agora um pouco íngreme. Não consegue. Para, pega a garrafinha d'água. As vozes desaparecem. Volta a caminhar. As pessoas devem ter parado também, ou então simplesmente resolveram se calar por um momento. Mas é estranho, de súbito parece que todos os ruídos se interromperam. Não só as vozes dos montanhistas mas as das aves e insetos também. Uma floresta desabitada. Está sozinha num outro reino. É uma sensação tão perturbadora que Adelaide precisa invocar toda sua força de vontade para seguir em frente. Um outro riacho, mais adiante, uma outra pinguela. E subitamente está de volta ao início. Não sabe como aconteceu. Não se lembra de ter dado meia-volta. A garrafa d'água está vazia, mas o lanche que trouxe na mochila está intacto. Senta-se numa pedra achatada junto ao rio. Pega o sanduíche e dá uma mordida, tem dificuldade para mastigar. Mas sente fome e se força a comer.

Já em casa, a tela do celular se acende com a mensagem de Rai. Não quer dar uma passada na marcenaria mais tarde? Tem uma coisa que ele queria lhe mostrar. Adelaide abre o chuveiro, ainda está incomodada com a experiência na trilha. Devia voltar, outro dia, talvez agora as coisas estejam momentaneamente confusas. À tarde, pega a bicicleta e manda uma mensagem para Rai.

Aquele mesmo segundo movimento da sétima de Beethoven ressoa por entre as paredes da marcenaria, como no rádio do carro, junto com a serragem. Quando ela entra, ele larga o que está fazendo, tira a máscara, aponta para o ar e diz achei que você fosse gostar de ouvir de novo.

Ela pede desculpas por não ter telefonado, mandado mensagem.

Eu não queria criar problemas, explica.

Não vai criar, ele diz, e por um instante Adelaide fica sem saber como entender a frase.

Ela se aproxima do altar onde antes tinha visto um Buda e um são Jorge, nota que há também uma estatueta de Jesus e outra de Krishna tocando flauta. Não havia reparado antes. A pilha de CDs não está mais junto ao aparelho de som.

Eu queria te mostrar essas cadeiras, Rai diz. Terminei hoje mais cedo, amanhã elas seguem para o dono. Queria que você visse. Madeira de demolição, arranjei umas soleiras de porta. Peroba-rosa, olha que bonito.

As cadeiras são lindas. O desenho é dele. Ela não tem ideia do que dizer enquanto passa as mãos pela madeira, aproxima o nariz, a vontade é essa, sentir desse modo as cadeiras que ele fez em sua marcenaria. Se pudesse punha a boca ali também, lambia, mordia um pedaço.

Um dia vou fazer alguma coisa para você, ele diz. O que poderia ser?

Ela dá de ombros. Pensa numa cadeira de balanço antiga que viu uma vez numa foto. Diz que poderia ser uma estante.

Rai pergunta pelo trabalho na loja. Adelaide conta das experiências com os incensos. E das leituras dos livros sobre o tarô nas horas vagas. Rai segura de leve seu antebraço, a mão sobe pelo braço até o ombro. Aproxima a boca do pescoço, Adelaide encosta o corpo no dele. O calor do corpo dele, o cheiro. O movimento da sinfonia de Beethoven chega ao fim e recomeça e ela se dá conta de que ele deve ter posto para repetir. Indefinidamente? A mão dele desliza pelo seu seio. Ela olha para a porta e vê Gil parado ali, no lusco-fusco, em cima de uma bicicleta.

Ela se sobressalta. Separa o corpo do corpo de Rai.

Eu chamei, vocês não estavam ouvindo, Gil diz, quase como um pedido de desculpas.

A música, Rai diz. Um pouco alta, não?

De um instante para o outro Adelaide foi escorregando para perto da janela, Rai para trás da bancada. Crianças, os dois, surpreendidas aprontando uma travessura qualquer pelo adulto Gil. Adelaide se encaminha até a porta, a orquestra não está nem aí para nada daquilo e Beethoven continua como antes, anunciando a música do futuro.

Ela faz um gesto de despedida para Rai, sorri para Gil um sorriso desconfortável. Sua bicicleta está encostada ali do lado. E o que há uma semana era razoavelmente simples num piscar de olhos já começou a se complicar.

Volta para casa com aquele travo na boca, não sabe o que o menino viu, o que pensou sobre o que viu. As primeiras estrelas já estão aparecendo enquanto ela pedala, sozinha. O ar mais frio entrando em seu corpo. O céu está inteiramente desanuviado e ela sabe que hoje será uma noite daquelas, de visibilidade perfeita. Uma noite daquelas, para se sentar na varanda e ficar olhando o céu, achando que toda a filosofia do mundo é pouca.

Parece quase uma zombaria que a carta que tira ao chegar em casa seja a Estrela. Arcano de número dezessete. Julia explicou que era sempre para levar a sério os arcanos maiores.

Na primeira vez em que abriu um baralho de tarô diante dela, Julia explicou a estrutura da coisa. Há os arcanos maiores, ela disse. São essas cartas que têm nomes, o Louco, o Sol, o Diabo, o Eremita, por exemplo. Vão de zero até vinte e um. As outras cartas são os arcanos menores, os quatro naipes do baralho comum, esse que as pessoas usam para jogar: do ás até as cartas da corte, que no caso do tarô são quatro — valete ou pajem, cavaleiro, rainha e rei. Ao todo, setenta e oito cartas.

Adelaide achou tudo aquilo bem complicado mas, de algum modo, irresistivelmente sedutor. Havia um prazer físico em manusear as cartas, embaralhá-las, puxar uma ou mais daquele monte de setenta e oito e ver uma imagem se oferecendo à sua leitura.

A Estrela é uma mulher nua, traz cântaros com água nas mãos. Derrama um deles na água e outro na terra. Um lampejo de esperança (mas em quê?), possibilidades (mas de quê?) e potencial (mas para o quê?). Tudo isso tem uma beleza perturbadora, Adelaide pensa. Vênus cintila no céu. Mas Vênus não é uma estrela. Não importa.

Todos os quarenta e dois anos até aqui, todas as passagens, as travessias (todas as travessias precisam de gestos mágicos), as dores de dente, os colegas de escola debaixo da jaqueira, a morte da mãe, as borboletas-amarelas, a prisão, as prisões, a liberdade (o que é?), as amizades, os amores, o amor (o que é?), o desejo, o cachorro Popeye, o sexo dos muriquis, os panfletos nas ruas, as correntes e os cadeados, o spray de pimenta, Odisseu que não queria ir à guerra, o galpão com as chinchilas junto àquela casa tão inocente que visitou em Teresópolis, um minivestido magenta para o casamento, a Calle Coahuila na Cidade do México. Tudo estrelas cintilantes no céu.

Incêndios, num certo sentido estrelas são incêndios, ela pensa. O fogo contido nos tambores enfileirados numa estrada, que não sabe se viu mesmo ou se sonhou. Os fogos de artifício nos dias de Réveillon no Rio de Janeiro. Bandidos de balaclava. E tudo ia dar certo.

Te vejo em breve, algumas prisioneiras diziam a outras que eram soltas. A pessoa sabe, de algum modo, que são grandes as chances de acabar voltando, Adelaide pensa. Será que ela vai acabar voltando? Dizem que a vida na prisão é uma réplica da vida aqui fora. *Homo sapiens* e a sociedade que levou trezentos mil anos para construir. As pesquisas, como ela sabe, afirmam que a chance de ir para a prisão é maior para as pessoas que foram encarceradas um dia. Mas isso depende de uma série de fatores. Um deles é o tipo de crime que levou à prisão inicial. Caso se trate de alguém que foi para a prisão por um crime violento, a probabilidade é maior.

E agora? Onde ela se encontra nisso?

Quando Adelaide conheceu Santiago e Sofia e passou dois meses hospedada com eles, a primeira coisa que lhe recomendaram que lesse foi um breve artigo de Arne Næss e George Sessions com a famosa lista. Os oito princípios da ecologia profunda. Næss era um pacifista, leitor e admirador de Gandhi. E não era um moralista — como ele mesmo dizia, não é preciso moral para respirar. Esse era o seu princípio. E, naquela época, era também o princípio do grupo em torno de Santiago e Sofia.

Nos longos anos em que conviveram, Adelaide e eles com frequência se lembravam daquela espécie de pacto firmado no café mexicano onde se conheceram. Cheios de ímpeto, como se assinassem uma convenção. Eram a família escolhida, Sofia e Santiago os irmãos ligeiramente mais velhos — e seus tutores para todos os assuntos que passaram a lhe interessar dali em diante. Os seus benfeitores. Um amor para sempre.

Adelaide ia aprendendo o jargão. Sofia sentava-se com ela, conversava, sugeria leituras. Adelaide ainda se lembra da voz lendo em voz alta — primeiro princípio básico da ecologia profunda: o bem-estar e o florescimento da vida humana e não humana na Terra têm valores intrínsecos. Esses valores independem da utilidade do mundo não humano para os propósitos humanos.

Santiago era o grande partidário das campanhas de não violência. Uma vez contou: Vocês sabiam que Gandhi não deixava que matassem nem escorpiões no ashram dele? As pessoas aprenderam a olhar dentro dos sapatos antes de calçar. Era simples.

Pois eu li que Gandhi fez voto de celibato sem consultar a esposa, Sofia respondeu de pronto. Ele achava que as mulheres violentadas na Índia deixavam de ter valor como seres humanos, você sabia? Dormia nu com a sobrinha-neta adolescente para testar a própria capacidade de se abster do sexo, isso já velho, você sabia?

Santiago olhou para ela enviesado. Era a época dos primeiros sinais de dissidência. Sofia estava começando a pensar diferente. Prestava atenção nos protestos. Nos incêndios, em especial. Ia convencê-los a todos. Sofia começava a achar toda aquela história em torno dos princípios da ecologia profunda moderada demais, ineficiente — não os princípios em si, mas a forma de implementá-los.

Existe uma diferença, ela dizia, entre violência como forma de agressão e violência como forma de resistência.

Sofia agregou a nova estratégia de ação: sabotagem econômica e táticas de guerrilha. Com a ressalva de que tomariam todas as precauções necessárias para evitar ferir quem quer que fosse.

Taí o seu Gandhi, ela dizia para Santiago, num sorriso.

Quando Adelaide saiu da prisão, meteu-se num ônibus durante horas e parou num hotel. Não importava onde estava, nenhuma geografia mais lhe importava além daquela que era, agora, a sua meta: Brasil, voltar para o Brasil. Aquele país, os Estados Unidos da América do Norte, aquele país tinha sido mais cruel com ela do que ela com ele. Ainda que por pouco não tivesse entrado para a lista dos terroristas domésticos.

Na TV ligada no saguão, uma reportagem pregava: guardas armados em todas as escolas são a solução para os tiroteios em massa. Entregaram-lhe o cartãozinho magnético do quarto, ela entrou e trancou a porta. A liberdade de trancar ela mesma a porta. E depois abrir quando quisesse. Seu coração era um atabaque dentro do peito. Estava aqui fora. Estava aqui fora de novo.

Deitada na cama, os sapatos ainda nos pés, ficou ouvindo os ruídos dos outros hóspedes e da rua, uma cidade, um quarto de hotel numa cidade, uma rua numa cidade, uma cidade com sua luz, um quarto com uma janela que se abria para a rua.

Nada daquilo lhe pertencia. As experiências dos outros lá fora, os risos, as vozes, as exclamações, o que bebiam e comiam e fumavam, as histórias que contavam uns aos outros, tudo era como num sonho ou num filme. Ela não sabia o que lhe pertencia e o que não.

Pensou em Sofia. Sentia um medo descomunal, o medo de não ter mais nenhum lugar no mundo. Mas tinha a liberdade de trancar a porta. De destrancar a porta.

Na prisão, aprendeu a criar o seu espaço num lugar onde não tinha espaço. Aprendeu a mergulhar do lado de dentro e fincar os pés ali, de posse de si mesma. Aprendeu a olhar para as cartas de Julia longamente. Julia saiu da prisão antes e deixou o tarô de presente.

Mas é o seu tarô, Adelaide disse.

Eu compro outro.

Mas esse é especial.

Nada é tão especial assim. Especial agora é que você fique com ele.

Adelaide aprendeu a olhar dentro das cartas como se elas fossem portais para outros mundos atrás dos quais encontrava de novo este mundo. Nesses outros mundos, entendeu muitas coisas sobre si mesma. Ou pelo menos intuiu muitas coisas sobre si mesma. E depois saiu do outro lado. Ou seja: de volta. Não está perdendo tempo. Não está no mundo da lua — mas quando está sabe que está.

Nos dias que se seguem àquele esquisito encontro na marcenaria (Beethoven em loop, Gil na porta de entrada) acha que as pessoas estão olhando para ela de outro jeito quando vai a Nossa Senhora da Guia. Nada mudou de forma substancial. O dono da loja parece apenas um pouco impaciente. Na mercearia, Bete está menos falante. Isso a incomoda. É como se de repente houvesse uma nota desagradavelmente dissonante no meio da música do futuro.

Para enfrentar essa nota, ela decide que vai fazer algo que nunca fez desde que chegou: jantar fora. Pedala até um restaurante a quilo a três quarteirões da mercearia. Sabor da Guia.

Há algumas famílias, homens sozinhos, talvez caminhoneiros de passagem. Na entrada lhe perguntam se é bufê com churrasco ou sem. Ela faz o seu prato com cautela, senta-se sozinha a uma mesa num canto. Pede um chope à garçonete que vem atender com um bloquinho na mão. Sem nenhum motivo, acompanha a moça com os olhos e vê quando ela diz alguma coisa para outra garçonete. As duas olham na direção de Adelaide.

As línguas do vilarejo. O que dizem dela? O que sabem dela? Sente-se devassada. Não é nenhuma novidade o fato de que, quanto menor a cidade, mais pública a vida. Rai disse que não ia contar nada, eles têm um segredo — eles têm mais de um segredo. Mas de repente é como se levasse uma letra escarlate ali no peito — só não sabe exatamente que letra, nem a que se refere. Toma o chope depressa e pede outro logo em seguida. B de bêbada. A de amante de um cara casado. E de ex-presidiária (ou de ecoterrorista, como tanto queriam no outro país). S de sabotadora. I de incendiária. F de filha desnaturada (ou de filha da puta). Q de quarentona que não sabe o que quer da vida.

Fodam-se. Podem pendurar quantas letras desejarem. Ela come mais e bebe mais. Vai encarnar todas as letras do mundo, o abecedário inteiro.

Para ter o que fazer, tira o celular do bolso, abre a caixa de entrada. Então: George.

Adelaide, você não imagina a minha alegria ao receber uma mensagem sua. Do Brasil. De um lugar bonito do Brasil. O Brasil tem muitos lugares bonitos, eu sei, mas o mais bonito é com certeza ao seu lado (escrevo isso para que você não esqueça que tem um marido que te ama). Por favor me mande o seu número atual. Quero saber mais de você. Não tenho contato com os outros — sei que você já está me perguntando isso mentalmente. Mas de um jeito ou de outro conseguimos sair do lado de cá do túnel, eu e você, não é?

seu
G.

Bambeia sobre a bicicleta na volta para casa. A estrada é inteiramente escura depois que o vilarejo fica para trás. Sozinha debaixo de um braço de galáxia, a música das esferas lá em cima. E isto aqui é parte. Adelaide bambeando pela estrada. Mas comunhão é comunhão com tudo: o claro e o escuro, o fácil e o difícil, o bom e o ruim. É o que ela intui. Pedala e sente que bebeu e comeu demais e pensa na cantiga da infância. O pião entrou na roda, ó pião, o pião entrou na roda, ó pião. Roda pião, bambeia pião.

Noite sem lua, a estrada um breu. Adelaide vai trepidando e bambeando na bicicleta. Os chopes deixam sua cabeça um tanto embaralhada. Ela tem até uma certa vontade de rir disso. De repente acha as próprias pernas desengonçadas, compridas demais para a bicicleta. Deveria subir um pouco o selim?

Escuta o ruído da própria respiração, ainda bem que de Nossa Senhora da Guia até em casa não tem nenhum aclive, o trajeto mais difícil é o de ida. Aquela história: para baixo todo santo ajuda. É isso mesmo? Ela não tem certeza, alguma coisa parece estranha na frase. Para baixo, na descida, todo santo ajuda, na decadência, no desmoronamento. Vai pedalando. Chegar em casa. Cansada. Estômago pesado. O segundo prato não foi uma boa ideia. Pobre corpo, sem saber o que fazer agora. Vamos lá, diz o cerebelo: é para pedalar.

Noite sem lua, mas essas estrelas — ela bem que gostaria de entender o mapa do céu. Essas estrelas. Olha para o alto. Junto à estrada, na sombra mais escura e imóvel das árvores, as sombras velozes dos morcegos para lá, para cá. São rápidos demais, não consegue acompanhá-los com os olhos.

O mundo foi recuando, recuando, recuando e só sobrou você. A primeira mulher. E a última. Tonta de cerveja, pesada de comida. O ar vai ficando desagradável na garganta, meio imprensado, e de repente o choro vem e os soluços a sacodem e os seus olhos ficam turvos, puta merda, os olhos turvos deixam tudo mais escuro ainda enquanto ela pedala de volta à casa que não é sua naquele lugar que não é seu. O mundo foi recuando, recuando, recuando e não sobrou nem você.

É um sonho estranho. Há um focinho grande na janela de casa. Espera aí, diz Adelaide, eu sei o seu nome científico, eu sei — e o animal diz *Equus caballus* e lista toda a linhagem de onde veio, toda a sua taxonomia. São tantos nomes! Mais parecem os daqueles nobres portugueses que mandaram no Brasil por uns tempos.

Nunca, diz a égua.

O quê.

Nunca mandaram.

Ha!

O poder aparente, o poder aparente, diz a égua.

É bastante eloquente às vezes, diz Adelaide.

Mas há muito mais que eles não sabiam e que você, desculpe, não sabe.

Eu sei, diz Adelaide.

Não, não sabe.

Sim, eu quis dizer que sei que não sei.

Você é uma boa moça, parece a heroína de um filme.

Não, de jeito nenhum, você não faz ideia, você sim é uma boa moça.

Égua.

Sim, uma boa égua.

É você quem não faz ideia.

De como você não é uma boa égua?

De como essas categorias não existem para mim.

Você acredita em reencarnação?

Eu não acredito em nenhuma dessas coisas de vocês. Ideias para tudo, nomes para tudo!

Nós éramos primas, veja a nossa taxonomia. Éramos primas até que nós, humanos, tomamos a direção dos primatas.

Você se lembra?

Não, diz Adelaide

Esse é o seu problema. Eu me lembro.

Eu gostaria, mas infelizmente não.

Você tem mais sobrenomes do que eu.

Eu não me lembro.
Faça um esforço, a sua carne, a minha carne
a sua carne a minha carne
eu deveria dizer também que você complica o sexo, diz a égua
mas é que para mim o sexo só tem graça se for complicado
você está tão sozinha, não?, diz a égua
o sexo para mim só tem graça se
tiver uma parcela de solidão, eu sei
o encontro, o encontro dos corpos, que desencontro nesse encontro
não entendo, me desculpe, diz a égua
mas é que é bom por causa disso, porque é um desencontro além de ser um encontro
vocês complicam tudo, me desculpe, diz a égua
eu sei
vocês, e não o cachorro, são o cachorro correndo atrás do próprio rabo
eu sei.
Adelaide é um pedaço do escuro da noite que se adensa e se coagula num bicho. No princípio era o escuro. Uma mulher então surgiu por conta própria. Uma mulher que era um bicho, que era todos os bichos, que era todas as mulheres. Que era todos os escuros. Elas não temem o ruído, não temem o gozo do ar que entra no corpo do músculo que ondula sob a pele o pelo a crina escura e nem temem, ainda que pensem o contrário, a solidão. De um corpo de uma vida de uma cela de prisão de uma cama junto a outros corpos dentro de outros corpos permitindo que outros corpos se metam dentro do seu. Não temem os anos a idade a vida a morte os intervalos tudo acontece praticamente ao mesmo tempo.

A mulher
que lavou os lençóis que bordou o lenço que pintou o quadro que limpou o banheiro que segura o filho que chora que chora que diz
vou embora e não volto mais
a sua carne
a minha carne
a minha carne   a minha carne
a égua sem taxonomia.

E pensar que você era a menina bem-comportada, diz a égua. Pontual, assídua, responsável, tão pouco rebelde. A que fervia água de manhã e passava um café, a que era a primeira a acordar. A que saía a pé para a escola às dez para as sete. A melhor da turma em matemática e física.

Durante toda a noite um animal (um sonho) resfolega, cascos batem no chão, o animal está alvoroçado. Mas talvez seja a ventania doida agitando os galhos das árvores, as folhas. Não há nada para você aqui. As janelas fechadas ficam se debatendo dentro da própria moldura como se quisessem fugir. Um dia foi um tempo de borboletas-amarelas, Adelaide menina, oito anos de idade. No dia seguinte é um tempo de janelas se debatendo dentro da própria moldura e a menina que não tinha ainda uma década de vida agora é uma mulher com mais de quatro. Às vezes os animais ficam assim, alvoroçados.

Não há nada para você aqui, diz a égua no sonho de Adelaide. Nada.

O povoado que hoje é conhecido como Nossa Senhora da Guia tem cento e cinquenta anos, Adelaide lê no folheto que estão distribuindo, ilustrado pelos alunos da escola municipal. Terra dos índios puris antes da vinda dos bandeirantes. Os caminhos foram se abrindo e pequenos povoados se estabelecendo para atender os tropeiros que levavam o ouro das Minas Gerais até os portos no litoral.

    Ela está ali, com o folheto na mão, sentindo o cheiro da fogueira acesa para a festa de são João, ouvindo a música e acompanhando o movimento da quermesse quando o telefone toca.

    Ouvir a voz de George. Saber que existe um lado de lá mágico, o lado de lá de uma ponte invisível, e ele se chama George.

    Ela vai se afastando da praça para poder ouvi-lo. Anda com passos rápidos. A música vai ficando para trás.

    Que diabo de barulho é esse? Onde você está?

    Ela responde que está num pacato vilarejo no município de Itatiaia, mas hoje tem festa junina.

    Ele diz que já esteve em Itatiaia uma vez, já subiu o pico das Prateleiras e o pico das Agulhas Negras, faz muitos anos. Acampei ali com um namorado, não sei como nossa barraca não saiu voando numa ventania doida que bateu. O que você está fazendo aí?

    Neste momento, ela diz, planejando ir ver se estão vendendo quentão numa das barraquinhas.

Adelaide sabe, e supõe que ele saiba também, que o bom humor e a descontração daquela conversa são quase histéricos. Quase patológicos. Passam por ela meninas com tranças postiças penduradas em chapéus de palha. As mais novas ainda veem graça nos vestidos coloridos de chita, que usam com meias grossas por baixo e casacos por cima. As adolescentes usam jeans muito justos.

Seu coração se aquece ao falar com George, mesmo que as mãos estejam geladas. Uma sensação só, amor e medo. A verdade é que foi a única época em sua vida inteira, em todas aquelas quatro décadas e dois anos, em que teve a sensação de fazer alguma coisa realmente significativa. Ainda que fazer fosse desfazer, ainda que fazer fosse destruir, como disse a Rai na viagem.

Já tem quase dois meses que chegou, ela conta. Ver o pai, no Rio. Mas também encontrar um lugarzinho mais escondido. Dar um tempo para a própria cabeça.

E ela já deu para a cabeça o tempo de que precisava?, George pergunta.

Adelaide não sabe.

Conheci esse homem aqui, ela diz, mas a situação dele é complicada.

Ah, como adoramos uma situação complicada, diz George.

Ela ri. Senta-se num banco da praça, no canto mais distante da festa. Fica trocando o celular de mão porque não está de luvas, mete a mão desocupada no bolso do casaco. Tanto tempo morando num lugar tão frio do hemisfério Norte e agora um quase inverno numa serra brasileira a pega de jeito, despreparada. George pergunta se a situação do homem é complicada com tendência a descomplicação ou, ao contrário, a uma complicação maior — caso em que Adelaide deveria, na opinião dele, sair correndo.

Ela suspira e diz: a velha história do casamento em crise.

Sair correndo, diz George. E não se esqueça de que, além do mais, você é a puta da história, a destruidora de lares. É sempre o caso nessas circunstâncias.

Eu sei disso, ela diz. Acho mesmo que algumas pessoas já começaram a me olhar de um jeito esquisito. Mas pode ser que eu só esteja imaginando coisas. Acho que ando imaginando coisas.

Também pode ser que eles tenham decidido procurar seu nome na internet e topado com algumas informações um pouco estranhas.

É. Pode ser. Mas ainda não fui demitida do meu emprego.

Tem um emprego e tudo?

Numa loja. Artigos esotéricos.

E acha que vai sustentar isso por muito tempo, essa situação?

Não sei, ela diz. Provavelmente não.

Muito ingênuo da sua parte achar que vai conseguir se esconder num vilarejo com meia dúzia de pessoas. A gente quando quer se esconder vai para o lugar mais movimentado do mundo. Você devia estar em São Paulo, no Rio. Na Cidade do México, em homenagem a nós dois.

A ironia de George às vezes a exaspera. Casou-se com um norte-americano e levou um britânico.

Não dava, George. Eu estava precisando respirar, caramba. E Sofia. Teve Sofia, George. O que foi que a gente fez.

O que foi que *ela* fez.

Eu estava me lembrando de uma coisa esses dias. Você sabe como Santiago adorava aquelas conversas sobre física, quando eu falava daqueles conceitos aprendidos nas aulas. Uma vez falamos sobre a entropia nos sistemas fechados. Segunda lei da termodinâmica. A história é que a entropia de um sistema pode diminuir, mas só quando ele interage com outro sistema cuja entropia aumente em consequência.

Você diz essas coisas para o seu novo namorado? São incrivelmente sexy.

Ele não é meu namorado, George. Tem mulher, tem filhos. Estou falando de entropia, dessa conversa com Santiago, porque embora a gente saiba que não existe, na prática, um sistema fechado, dá para abstrair isso para as nossas vidas. O que estou querendo dizer é que a gente acabou com um sistema fechado, eu, você, Sofia, os outros. E num sistema fechado a entropia aumenta. A desordem.

Mas isso, minha querida, isso foi responsabilidade da Sofia.

E nossa, que seguíamos tudo o que ela sugeria.

Do outro lado, George suspira.

Está bem, ele diz. Obrigado pela aula de física. Agora vou te dar uma aula também. Life coaching. Por favor, arrume a sua trouxinha e vá embora desse lugar. Não há nada aí para você.

Adelaide se pergunta se a égua do seu sonho e George andaram conversando.

Arrume a sua trouxinha e vá para o Rio de Janeiro feito uma boa menina. Te encontro lá.

Um pouco desnorteada, ou talvez atordoada com o repentino surgimento de um norte (George, o Chapeleiro Louco) em sua vida, ela vai até as barracas da quermesse em busca do quentão. A música está alta e já não tem mais rigorosamente nada a ver com a música das festas juninas da sua infância. Estão tocando Katy Perry.

Mas não é só isso. Não é só o telefonema de George. Hoje mais cedo ela ligou para o pai e a tia. Uma chamada de vídeo em que praticamente só a tia falou. O pai ficou sentado ao lado com aquele olhar um pouco indefinido.

Cida disse hoje não está sendo um bom dia. Quer dizer, ele está calmo, mas mais confuso. Não quis almoçar. Teve muitos pesadelos à noite, dormiu mal. Viu aquelas pessoinhas. Olha, ele dizia, olha o campo, está tudo queimado. Tudo calcinado. E as pessoinhas tinham vindo avisar que ele precisava ir embora. Então ele acordou preocupado. Queria arrumar a mala, dizia que tinham que chamar um táxi e ir para a rodoviária. O ônibus sai às dez horas, ele dizia. O ônibus sai às dez horas. Mas depois já não sabia se era às dez da manhã ou às dez da noite e ficou muito contrariado com isso.

O pai de Adelaide está perdendo a cada dia um pouco mais da aderência ao mundo. Um dia ele vai embarcar num ônibus, naquela rodoviária mental sua, e se mandar para o fim do arco-íris. E Adelaide não vai estar lá para recebê-lo. Não vai estar nem sequer na plataforma para se despedir dele, tchau, pai, boa viagem. Isso está óbvio, e o tempo que ela passa ali, nas montanhas, não é um tempo em que o corpo e a mente do pai (entropia?, ela pensa) vão ficar esperando, em suspenso.

Às vezes é só isso o que a vida requer, ela pensa enquanto paga pelo seu quentão e segura com gratidão o copo de plástico. Às vezes é um campo de batalha, e ali no calor das coisas, das vísceras explodindo para todo canto, dos membros sendo decepados, dos olhos arrancados, você não tem ideia do que se passa. É só aquilo, o terror da violência. Mas aí você recua um pouco, sobe uma colina, recupera o fôlego, limpa o suor e o sangue que te escorrem pela testa. Embainha a sua arma, seja ela qual for. E percebe as coisas de outro modo. Olha para o campo de batalha lá de cima e percebe as coisas de outro modo.

Dá um gole no quentão. Aquilo desce pela sua garganta dizendo, a cada centímetro, sim, é isso mesmo, a metáfora é para lá de boa, Adelaide. Talvez não seja muito original, mas é boa. Aquelas aulas de português não foram tão em vão assim.

Enquanto isso, Katy Perry canta *Yeah, I think we broke the law*. Gostavam de cantar isso na prisão, de formas veladas. Principalmente os versos finais, *But this Friday night do it all again*. Acho que infringimos a lei. Mas esta sexta-feira. Quem sabe. Fazer tudo outra vez.

Rai passa por ela com a família, dá um jeito de puxá-la a um canto. Pensei em dar um pulo lá amanhã à tarde. Na sua casa. A família tem uma festinha de aniversário.

Por favor, disse George ao telefone, arrume a sua trouxinha e vá embora desse lugar. Não há nada aí para você.

Venha, Adelaide diz a Rai, e o que será que isso quer dizer, ela se pergunta. Venha, fique, venha, meta o seu corpo no meu até que eu goze e depois me faça uma gentileza: desapareça. Venha, vamos embora juntos. Para o Rio, onde você pode reencontrar a sua flauta e uma outra vida. Ao meu lado. Ah, como adoramos uma situação complicada, disse George.

Escurece mais cedo. As nuvens estão baixas. Enquanto espera por Rai, Adelaide se lembra da conversa que teve na véspera com George. Quando dividia a casa com ele e com quem quer que ele estivesse namorando no momento, tinham um papelzinho colado na geladeira com as palavras de Isaac Bashevis Singer. Ela se lembra. "Não me tornei vegetariano por causa da minha saúde, fiz isso pela saúde das galinhas." Sorri. Havia uma graça nas palavras do escritor, mas uma enorme seriedade também. E, no fundo, isso era uma divisa para a vida inteira, para tudo, era o sentido de respirar, de ir dormir à noite, de acordar pela manhã, de se disfarçar para ir trabalhar e ganhar um salário que tinha como único destino, para lá das suas necessidades mais básicas, ajudar a custear as ações do grupo.

O *ALF Primer*, disponibilizado gratuitamente na internet pela Animal Liberation Front e encontrável com dois cliques, começava com as palavras de encorajamento: "Nesta era de insanidade, você pode ser rotulado de terrorista, mas um dia será lembrado como um guerreiro altruísta que ousou lutar pelo que é certo". Ela estudou minuciosamente cada um dos pontos do manual ao longo dos anos. A ponto de sabê-los quase de cor. A passagem sobre a polícia estadunidense foi particularmente valiosa. "A regra geral ao lidar com a polícia é não dizer nada. Eles podem tentar te ameaçar para obter uma declaração. Podem dizer que vão te manter preso por mais tempo se você não falar. Mentira. Se virem que não vão conseguir o que querem, acabarão desistindo." E aquela recomendação inestimável: "Podem até usar violência física contra você. Não lute. Se for atacado, tente formar uma bola com o corpo e proteger a cabeça com os braços. Se tiver como ir para um canto, faça isso. A polícia só recorrerá à violência se achar que isso vai fazer você falar, então fique de boca fechada e estará seguro".

Havia no manual (ela supõe que ainda haja) instruções detalhadas para avariar veículos, quebrar janelas, colar cadeados, usar tinta para danificar outdoors e edifícios, sabotar canteiros de obras. E, por fim, os incêndios.

Apesar do frio, está sentada na varanda, como gosta de fazer. No chão, as costas apoiadas na parede. O chapisco às vezes incomoda um pouco, mas o casaco suaviza o contato. Daqui a pouco ele vai chegar, ele que tão pouco sabe de tudo aquilo, Rai. Ele que existe numa fresta fictícia da sua vida.

Não é isso, num certo sentido? Como se esta temporada ali fosse, um pouco, algo da ordem da ficção? Ao contrário da década que veio antes, tão real. Mas não seja boba, Adelaide, a memória da voz de Julia lhe diz. Só isto aqui é real. Este vento bagunçando o seu cabelo no lusco-fusco.

Pensa no avô. A marcenaria do avô era na garagem da casa. Sua velha Brasília azul-celeste ficava resignadamente estacionada ao relento, quase sempre suja. Quando chovia forte, o avô comemorava: oba, o toró vai lavar o carro. O avô tinha olhos da cor da Brasília, Adelaide achava, e uma vez perguntou: você comprou esse carro porque combina com a cor dos seus olhos? Ele riu às gargalhadas.

O avô tinha também a cor da pele leitosa como a de quem descendesse (e descendia) de gente de um país europeu do norte. Já a avó tinha a pele negra como a de quem descendesse (e descendia) de gente que tinha chegado ao Brasil pela travessia de um Atlântico sangrento. Oceano cor de ferro. As origens de cada um. Ninguém aprovou o casamento do avô com aquela preta. Casou com a empregadinha, diziam. Uma vez, não faz muitos anos, Adelaide fez o teste para saber do que se compunha o seu DNA, aqueles testes em que a pessoa mandava um bocado de saliva pelo correio para o laboratório e depois recebia um mapa do mundo inteiro com seus antepassados em cores. No seu mapa, um naco de Europa, um naco de África Ocidental e de África do Norte, mais uma grande extensão difusa que dizia "indígena das Américas" e que se estendia desde a Groenlândia até a ilha Thule do Sul.

1989. Adelaide, oito anos, na marcenaria do avô. Recentemente, havia encontrado uma clareira com uma poça d'água e um sem-número de borboletas-amarelas na borda da mata. Pequena e íntima epifania sua. Pouco sabia do que acontecia no mundo — noção tão vaga — enquanto admirava sua poça com lepidópteros esvoaçantes. Enquanto observava com um par de olhos reverentes o avô na marcenaria.

Mas outras coisas aconteciam. Coisas com nomes imensos. Naquele mesmo ano, o Brasil ganhava uma nova moeda, mais difícil de escrever do que a anterior: NCz$. Cruzado novo, que vinha substituir o cruzado, criado apenas três anos antes. A matemática: NCz$1 = Cz$1000. Era muito complicado o que acontecia no comércio, nos bancos, no bolso das pessoas. E havia também nomes estrangeiros que ela ouvia na televisão, à noite, após o jantar: um Alfredo Stroessner era deposto no distante Paraguai e um George W. H. Bush tomava posse nos Estados Unidos da América do Norte, país igualmente distante. Um muro caía em Berlim e ela, boquiaberta, sentia vontade de estar ali marretando aquele muro também. Perguntou ao avô: podemos ir para Berlim? Um Fernando Collor de Mello era eleito presidente do Brasil. Ela arregalava os olhos perante a imagem de um homem parado diante de uma coluna de blindados, num local com o belo nome de praça da Paz Celestial, em outro país sumamente distante denominado China. Ela achava o mundo dos adultos tão cheio de eventos que talvez quisesse passar ao largo quando chegasse a sua vez. Embora a ideia de marretar muros parecesse atraente.

Quando era bem pequena, no primeiro ano no jardim de infância, ela achava os meninos entidades tão aterradoras que se preocupava com a perspectiva de um dia ter que se casar com um daqueles. Então combinou com sua amiga Silvia que iam se casar uma com a outra. Olhavam ao redor, no parquinho, e sentiam-se aliviadas por terem encontrado uma alternativa.

É bom estar com Rai. É bom reconhecê-lo.

Ontem passou no cabeleireiro na Guia e pediu para descolorir as pontas. Ele acha bonito, diz seu cabelo ficou em degradê. Estão deitados na cama, nus, cansados. Logo vão puxar o cobertor, mesmo que ele tenha trazido um aquecedor elétrico.

Sinto muito que esta casa não tenha lareira, ele diz. Eu devia mandar construir.

E acaricia os cachos dela com um cuidado tamanho que ela tem vontade de dizer meu cabelo não é de porcelana. Quer saber mais dos estudos de música. Ainda tem a flauta?

Guardada por aí em algum lugar, ele diz. Vou te contar uma história. O grande fiasco da minha breve vida de flautista. Talvez não o grande fiasco, é possível que tenha havido outros maiores, mas esse foi o fiasco definitivo. Uma vez decidi participar de um concurso. Não era um concurso para nada, era só para saber quem era melhor do que quem, e o vencedor tocaria como solista em uma das orquestras do Rio, agora já não me lembro exatamente qual. Devíamos escolher três peças — uma sonata barroca, uma peça brasileira e uma do século XX. E lá fui eu. Para o século XX, escolhi uma que adorava, a "Ballade", de Frank Martin. Um compositor suíço. Depois boto para você ouvir, se quiser. Um negócio razoavelmente virtuosístico. Pois bem: no final dessa peça há uma nota agudíssima que dura alguns compassos e fica ali, estridente e insistente nos ouvidos de todo mundo. E eu errei essa nota. Meti a nota errada e fui adiante, e terminei a peça assim, como se estivesse emperrado na minha própria incompetência. Até hoje não sei por que não corrigi a nota no meio do caminho. Fiquei ali, tocando e sabendo que estava tocando errado e que bastava um pequeno ajuste para ao menos minimizar o meu erro, diminuir o tamanho do meu vexame. Mas não consegui mexer os dedos. E o pior é que outro concorrente escolheu a mesma peça. Que tocou lindamente, lindamente.

Ele venceu o concurso?

Ha. Você não imagina. Éramos quatro flautistas nesse concurso. O júri resolveu premiar *os outros três*! Todos teriam seu momento como solistas da orquestra. Menos eu. Fui para casa, me enfurnei na marcenaria do meu pai, cortei o dedo numa serra e fiquei achando que de repente aquilo de ser instrumentista não dava para mim não. Eu tinha acabado de conhecer a Leila.

E assim você se mudou para cá.

E assim eu me mudei para cá. Onde ela já vivia com a família, o pessoal dela é de Penedo, daquela turma de escandinavos que veio parar nestas bandas em algum momento.

Ele enrosca o dedo num dos cachos, depois desenrosca, passa a ponta do dedo na sua sobrancelha, na linha do nariz, do canto da boca, do queixo, do pescoço, do espaço entre as suas clavículas.

Essa turma de escandinavos de Penedo. É uma história curiosa, não sei se você conhece. Era uma colônia naturista, a turma andava pelada. O finlandês que fundou a colônia comprou uma fazenda e baixou por lá com os outros imigrantes, eram quase cem pessoas, se não me engano. Até na terra eles trabalhavam nus, mas logo viram que não ia dar certo. Sol, mutucas, muriçocas, você pode imaginar. Depois a coisa toda meio que desandou. Eram um grupo religioso, acho.

E ele se casou com uma descendente dos naturistas finlandeses religiosos, Adelaide pensa. Que conheceu num Carnaval no Rio. A grande festa pagã. E se mudou para cá por causa de uma nota errada num concurso de flauta.

Ele se levanta para ir ao banheiro. Deixa a porta aberta e Adelaide ouve o jato de urina no vaso sanitário, a descarga, a torneira da pia que se abre, que se fecha.

Que frio da porra!, ele diz.

Volta para a cama, para debaixo do cobertor, e no caminho pega o celular que deixou em cima da cômoda.

Vou te mostrar a "Ballade", diz.

Ao longo dos pouco mais de sete minutos que dura a peça — a música começa tensa, ela acha, como se já pegasse o ouvinte pelo pescoço —, Adelaide imagina Rai num palco, diante de um júri, em busca de migalhas de aprovação.

Acha a peça bonita, mas estranha. Talvez porque não esteja acostumada a esse tipo de música. Há um alívio ali pela altura dos cinco minutos, em que é levada por paisagens mais sutis e calmas, mas depois tudo enlouquece e são linhas melódicas rapidíssimas e o flautista da gravação respira em meio às notas como quem se afoga.

A nota final ela imaginava mais longa pela descrição de Rai. Mas talvez o tempo de quem toca uma peça musical não seja o mesmo de quem ouve. Aquilo que para ela dura uns dois ou três segundos possivelmente durou muito mais para o jovem músico tendo que mostrar quanto valia para o grupo de observadores.

O palco é um lugar onde não há onde se esconder, eu imagino, ela diz.

Ele responde: às vezes as pessoas se escondem no palco, justamente. Parece um contrassenso. Mas um instrumento musical te confere uma espécie de personalidade alternativa. E quando você domina a técnica, quando já quebrou pedreira suficiente e passou a ser proficiente, então tocar em público é, também, ir se esconder ali naquela personalidade alternativa. É quase como se fosse um estado alterado de consciência, desses que as pessoas descrevem quando estão em meditação profunda, essas experiências místicas. Mas tem que ser em público, não basta tocar sozinho no seu canto. Porque ocorre uma comunhão ali, também, com a plateia. Só tem graça se for assim. E mesmo o nervosismo que a gente sente antes de entrar no palco é parte disso, um tipo de ritual.

Cheio de surpresas este homem, Adelaide pensa.

E como que para comprovar sua tese, ele diz não sei se você conhece *A flauta mágica* de Mozart, a ópera. No segundo ato, já perto do desfecho, o herói e a heroína passam ilesos pelas câmaras do fogo e da água, que são sua grande provação final. O herói se submeteu a uma série de testes num templo, a coisa é complicada, não importa. Mas essa provação final — eles conseguem passar por ela graças à música da flauta mágica, que ele toca. Acho que é isso que eu estou querendo dizer quando falo em ritual, ele diz.

Ao mesmo tempo, ela diz, um concurso parece algo tão diferente do que você está descrevendo. Sabe? Imagino que você tenha passado anos da sua vida estudando escalas, aprendendo a ler partitura, a fazer a respiração correta — suponho que exista uma respiração correta —, explorando o repertório, descobrindo as diferenças entre tocar uma peça de séculos atrás e uma peça do século xx, por exemplo, as sutilezas, tudo o mais. E são horas e mais horas e mais horas. E um dia, numa competição, durante três segundos você toca uma nota errada. E é excluído, o bando te rejeita.

Ele olha para o teto. Eu poderia ter entendido isso só como mais um pedaço da pedreira por quebrar. Mas acabei desistindo. Fiz as minhas escolhas. Há um preço a pagar, sempre há. Você sabe.

Ele se vira de novo para ela.

Li sobre o que aconteceu com a sua amiga. Sofia, era esse o nome dela, não?

Adelaide põe a mão na barriga dele.

Desconfiar sempre e muito. Conta o que ele já deve, portanto, saber. E que para ela própria é sempre tão difícil revisitar.

Sofia fez exatamente o que havia feito outro ativista anos antes: usou uma sacola de plástico para cometer suicídio. Deixou uma nota que era, também, uma adaptação da nota de suicídio desse outro ativista. Aos meus amigos e apoiadores, ela escreveu. Li isso tantas vezes que sei de cor. Ela escreveu: Aos meus amigos e apoiadores, para ajudá-los a entender todos esses eventos que aconteceram tão rapidamente: certas culturas humanas vêm travando uma guerra contra os animais há milênios. Escolhi lutar ao lado de vacas, porcos, galinhas, morcegos, gatos, baleias, chimpanzés. Sou apenas a vítima mais recente nessa guerra. Mas esta noite escapei da prisão e estou voltando para casa, para a terra, para o local das minhas origens.

Ficam em silêncio, mas Adelaide não quer aquilo, não quer regressar àquela memória, não agora.

Desce a mão pela barriga dele. Esta noite escapei da prisão.

Ela pensa que está ficando um pouco apaixonada por esse homem e talvez isso seja bom. Talvez isso não seja uma nota errada diante de um júri, mas sim uma outra música inteiramente nova que começam a ensaiar. Quem sabe Rita Lee: *Mas um dia desses eu vou fugir de casa e não volto, e não volto*. Veja como descomplicamos as situações complicadas, George, veja.

Não demora muito e o dono da Incensatez — um cara mais velho que todos chamam de Zinho — avisa a Adelaide que apesar de ter feito aquela breve experiência concluiu que na verdade não precisa de ninguém para ajudá-lo por ali. Como ela viu, o movimento não justifica. Ele sente muito e queria lhe dar de presente um daqueles livros sobre tarô que a viu folheando ao longo dessas semanas.

Adelaide entende e sabe que isso faz sentido, não é tanta gente que entra na loja, ela é uma peça sobressalente num esquema que já estava azeitado e funcionando antes da sua chegada. Mas não sabe se é só isso mesmo, se está perdendo o emprego por causa de outras coisas mais sutis, não mencionáveis.

Você sabe, não sabe?, ela decide perguntar.

Sei que você esteve presa e não dou a mínima. Gosto de você. Mas é que não preciso mesmo de ajuda na loja, só isso.

Claro, ela não pergunta se ele sabe da *outra* coisa. Rai. Talvez já esteja patente? E haja um levante do grupo contra ela? Sente-se estranhamente acessória, como se contemplasse a possibilidade concreta de que a própria lógica daquele lugar não a inclua. Ela vem, chega, começa a querer criar um limo, mas às vezes os sistemas são fechados — mesmo que a física, em sua retidão, afirme que isso na prática não existe. Ou talvez ela tenha simplesmente inventado de criar o limo errado na pedra errada ao se meter com Rai.

Adelaide pesa a possibilidade. O levante do grupo contra ela. E no entanto outro dia mesmo Gil veio até a loja depois da escola. Para nada. Para vê-la. Adelaide tinha acabado de vender um tarô de Marselha para um turista de Belo Horizonte. Gil ficou espiando os cristais pendurados por fios de náilon. Adelaide abriu um tarô e o chamou para jogar cartas. Talvez fosse aquela a origem do baralho, afinal? Um simples jogo? Juntos inventaram um jogo um tanto quanto sem pé nem cabeça, com regras flexíveis envolvendo a numeração das cartas, uma hierarquia arbitrária dos naipes e se as cartas apresentavam ou não imagens que achassem assustadoras. O que envolvia um consenso nem sempre possível sobre o que era ou não assustador. Zinho chegou mesmo a ir espiar, no tédio da loja sem clientes.

Agora, outro fim de tarde de inverno pleno, frio de serra, ela deixa a loja em sua bicicleta. Zinho fica olhando da porta, como quem se despede de alguém numa plataforma de rodoviária ou de trem. O humor dele parece ter melhorado? Difícil dizer. Adelaide comprou um gorro e um par de luvas, mas o ar gelado morde seu rosto desprotegido. Ela pedala um pouco por ali, a esmo. Sem ideia do que fazer em seguida. Parece que quando você se dedica a um certo grau de inação, ela pensa, o universo responde com a ação. Como se precisasse equilibrar a balança.

Ficar inteiramente parada debaixo daquele rio barrento da sua infância ou diante daquelas borboletas-amarelas da sua infância, de todo modo, nunca foi uma opção. Cedo ou tarde você precisa botar a cabeça para fora e respirar. Cedo ou tarde a poça de água da chuva seca e as borboletas desaparecem como se fossem de fumaça.

Toma a direção da Lapa. Os cachorros latem, vêm correndo até a porteira, ela pedala com mais ímpeto.

Na curva, mais adiante, não vê a pedra. Não sabe muito bem como acontece, mas ainda tem o reflexo de amparar o corpo com a mão direita ao cair. Merda! Levanta-se, levanta a bicicleta, a mão arde, merda! Os cachorros olham para ela, talvez um pouco surpresos com o desfecho do que afinal era só a inocente perseguição de praxe. Mas não chegam mais perto.

Senta-se outra vez no selim, volta a pedalar, segura o guidom só com a mão esquerda, tem medo de cair de novo e segura com a direita também. Mas a mão arde. O punho dói. E as pernas estão trêmulas. A escuridão do fim da tarde lhe parece hostil, como se houvesse dedos apontados para ela em meio às sombras, feito aquelas antigas ilustrações de contos de fadas: você! Ela tem vontade de retrucar e dizer não! Eu não! Vocês! A mão arde, ela vê o sangue brotar onde a pele foi esfolada, perto do punho.

Passa a noite toda naquele incômodo, se dá conta de que está despreparada, na verdade — não tem uma gaze, um esparadrapo, nada para passar na ferida. Aplica o protocolar saco de gelo no punho que no dia seguinte, no entanto, ainda dói e parece inchado.

Pensa em mandar uma mensagem para Rai, desiste. Mandaria se ele fosse só o dono da casa que está alugando (o senhorio), se ele fosse apenas um novo amigo. Mas é como se a intimidade que agora têm lhe roubasse essas outras intimidades mais simples, mais prosaicas.

Resolve pedalar até o posto de saúde em Nossa Senhora da Guia. Embrulha-se em camadas de roupas, no casaco do hemisfério Norte, calça as botas de montanhismo com dificuldade porque só pode usar a mão esquerda e é destra. Há uma neblina baixa, que deixa o ar insuportavelmente úmido.

Tem a sensação de que seus pulmões incham, de que seu corpo fica encharcado, o frio continua intenso.

As coisas somem dentro da neblina. A mata, a paisagem. Adelaide praticamente só vê a estrada debaixo dos pneus da bicicleta e uns espectros de cercas e de casas. No vilarejo, parece que alguém passou uma mão de cal ou de alguma tinta esbranquiçada nas coisas. Tudo é vedado, inóspito, quase insalubre.

Não há muita gente no posto de saúde. Enquanto aguarda o atendimento, põe a cabeça para fazer planos. Será que esta temporada aqui na serra está mesmo terminando, à sua revelia? Estes parcos dois meses? A história da inação e a resposta do universo, esse toma lá dá cá. Voltar para junto do pai, assisti-lo, comprometer-se de novo com esse papel que recusou por tantos anos porque havia sempre algo mais importante no horizonte, até a sentença decepar lindamente as suas asinhas. Perguntar a George o que diabos ele quis dizer quando prometeu que a encontrava no Rio. E quem sabe se ela fizer esse movimento todo, essa colheita do passado no futuro, quem sabe Rai encontre também, no vácuo, uma passagem secreta para fora dali, daquela vida, daquela roupagem com a qual parece insatisfeito. Às vezes um sinal, um aceno, é tudo de que as pessoas precisam.

Está envolvida nesses assuntos quando vê Leila entrar no posto de saúde. Sozinha. Mais radiante do que nunca. E a simpatia com que vem cumprimentar Adelaide deixa claro que ela não enxerga nenhuma letra escarlate pendurada ali no pescoço da sua quase vizinha. O abraço. Adelaide sente o cheiro do cabelo recém-lavado, macio, o cabelo cor de palha de uma descendente de finlandeses.

Esse frio!, Leila diz. Todo ano reclamamos, sempre a mesma coisa, mas aguentamos firme. O que houve com você?

Adelaide mostra a mão direita. Punho inchado, pele esfolada. A queda de bicicleta ontem no fim do dia. Não devolve a pergunta porque acha que há uma privacidade a ser preservada num posto de saúde. Ou talvez seja o contrário, talvez aquele seja um momento de desinibição, de compartilhar, num certo sentido, as mazelas do corpo. Ainda assim, acha engraçado ver uma moça bem jovem, mais jovem do que Leila, fazendo selfies num canto. Tenta elaborar uma narrativa para aquilo mentalmente, mas fracassa.

Leila pede desculpas por não ter aparecido ainda para visitá-la, Rai transmitiu o convite, tão gentil. Mas esses primeiros meses de gravidez são um pouco imprevisíveis, já está na quarta gestação e ainda se surpreende. Adelaide tem filhos?

É como se ela caísse de novo da bicicleta, mas dessa vez fosse atirada do alto de uma ribanceira. Sente o corpo ir rolando e rolando na terra, sobre as folhas caídas, tenta se agarrar nas raízes, nos troncos das árvores, mas parece que a cada tentativa só o que consegue é se machucar ainda mais. Deve optar então pela inação aqui também? Ir caindo até que o universo ofereça um basta? Não resistir — será esse o segredo?

Parece que sim, porque chamam seu nome e ela entende que é nisso que deve se agarrar. Algo tão prosaico quanto seu nome sendo chamado por um enfermeiro num posto de saúde de um vilarejo no interior do Brasil.

Adelaide quase salta da cadeira onde está sentada para ir até o enfermeiro. Ainda ouve Leila dizer espero que não seja nada, que você não tenha quebrado nada!, e consegue espremer os próprios lábios num sorriso de agradecimento.

Boia, mais do que anda, enquanto o enfermeiro a leva para lá e para cá, faz perguntas, diz coisas. Ela é levada até uma médica gentil que também parece escandinava e a trata com atenção e depois é levada para fazer um exame de raio X antes do qual o técnico pergunta: alguma chance de você estar grávida? Ela tem vontade de rir. Se não tivesse ficado menstruada dois dias antes, se não tivesse o sangue espesso e terroso manando entre as pernas, não saberia como responder.

Arrasta-se, mais do que boia, quando por fim a liberam para ir embora, nada quebrado, felizmente, mas aqui está a receita de anti-inflamatório e ela também deve fazer isso e aquilo outro — registra tudo de modo tão periférico que o enfermeiro tem a compaixão de acrescentar: está tudo escrito aqui, se você esquecer. Não tome o anti-inflamatório de estômago vazio.

Na saída, Leila está esperando por ela. Fiquei preocupada, queria saber o que disseram. Você tão sozinha! Morando naquela casa gelada, andando de bicicleta por aí nessas estradas esburacadas, com o frio que está fazendo.

Não quebrou, Adelaide consegue dizer. Fizeram um curativo.

Venha, Leila diz, vou te levar para tomar um chá, um chocolate quente, melhor ainda. Estou com a picape, a gente põe a bicicleta na caçamba. Mandaram você comprar algum remédio? Eu vim aqui buscar uma receita, para variar estou com infecção urinária, a gente passa na farmácia e depois vai se sentar num lugar simpático que eu conheço, tá bem?

Adelaide se deixa conduzir. Uma desculpa? Poderia encontrar alguma, é claro, não seria difícil. Estou cansada, muita dor, mal dormi esta noite, fica para a próxima. Mas decide que vai se deixar conduzir. Leila parece estar no comando, quem sabe o instinto maternal renovado no início da quarta gravidez seja como uma rutilante purpurina que ela despeja mesmo em cima daquela outra mulher adulta. Leila diz que os filhos estão na escola, o caçula está gripadinho e foi passar o dia na casa da avó. Sou uma mulher livre hoje!, diz, com um sorriso imenso.

A neblina se dispersou um pouco. Depois da farmácia, Leila vai dirigindo a picape com destreza pela estrada de terra e depois de asfalto. Sobe a serra até um recanto escondido que faz Adelaide se sentir como se tivesse desembarcado dentro de um universo paralelo. Uma casa semioculta pelas árvores é, quem diria, um pequeno restaurante com meia dúzia de mesas, só duas ocupadas. Leila cumprimenta o garçom, vai até a porta da cozinha dar um alô.

O restaurante é de uma amiga, ela diz, voltando-se para Adelaide, e pergunta ao pessoal da cozinha Fátima não está?

Trabalhando lá no jardim, alguém responde.

As duas se sentam. Leila tão desenvolta, tão à vontade. E bonita, Adelaide pensa, mesmo metida numa calça de moletom e numa camisa xadrez de flanela muito larga, um casaco velho por cima. O cabelo num rabo de cavalo, a cara limpa, um tracinho de olheiras sob os olhos.

Depois quero te mostrar o jardim, mas primeiro vamos pedir alguma coisa que esquente. Marcos, tem chocolate?

Adelaide diz que prefere chá. O salão do restaurante está aquecido por uma lareira, tudo tem um cheiro tão bom, os odores que vêm da cozinha, a lenha queimando. Uma música sai de caixas de som invisíveis. Adelaide acredita reconhecer um clarinete fazendo um solo sobre o fundo de um piano, de uma bateria, de um contrabaixo, talvez.

Poucos turistas hoje, Leila diz.

O garçom traz as bebidas e Adelaide engole um anti-inflamatório. Pensa na recomendação do enfermeiro. O estômago está vazio, mas que se dane. Talvez venha a se arrepender depois. Agora, neste momento, não tem a menor importância.

Continua esperando que Leila fale, recebe passiva tudo o que ela diz, como recebe os cheiros do restaurante, a melodia do clarinete, a luz fraca do começo de tarde que entra pelas janelas do salão agora que a neblina já levantou de vez. Na mesa, entre as duas, um vasinho com um ramalhete de alecrim. Tudo bonito, bem pensado, bem planejado, quase elegante, ela pensa. E se sente um pouco fora de lugar, as botas enlameadas, nem tomar banho hoje tomou, o curativo na mão direita. Leila estende a mão, ajeita o ramalhete de alecrim dentro do vasinho, Adelaide não sabe o que havia de errado no arranjo anterior.

Eu realmente gostaria de ter feito isso antes, Leila diz.

Por um segundo Adelaide acha que ela está se referindo ao alecrim no vasinho.

Aquele dia, quando você esteve lá em casa na festinha do Carlos, sabe?, Leila diz. Acho que tenho até que me desculpar. Eu e o Rai tínhamos discutido mais cedo, não foi nada de mais, acho que eram só os hormônios bagunçando comigo. Mas estávamos esquisitos um com o outro. Fiquei com a impressão de que todo mundo estava percebendo.

Adelaide diz que não. Que ela, pessoalmente, não percebeu nada. Que foi uma festinha bonita.

Você até tocou violão, não foi?

Toquei violão. Joguei futebol e toquei violão.

Você morando sozinha por aqui, naquela casa, eu não me conformo. Na verdade gostaria de ter feito isso antes, devia ter feito.

A mulher reluzente, pensa Adelaide. Aquele rosto ensolarado e feliz no meio de um inverno na serra da Mantiqueira. Dando um peteleco nos dramas do mundo. A mulher apaixonada que é, na verdade, uma mulher grávida. Quem foi que disse, Adelaide, que as tais das primeiras impressões são mesmo as que valem? Desconfiar sempre e muito, diz Sofia, em sua memória. Mas então por que foi que Rai...

Adelaide começa a puxar as pontas soltas da história, que ela não desconfiava serem pontas soltas. Estuda o âmbar do chá dentro da xícara como se dali pudesse vir alguma iluminação.

Bem que o Rai podia ter tocado um pouco na festinha do filho de vocês, ela diz. Apanhado a flauta, ensaiado um som ali com a gente.

Leila ri.

Rai? Flauta? De onde você tirou essa ideia?

Ele ainda deve tocar bem, não?

Rai nunca tocou instrumento nenhum. Até entende um pouco de música — mais do que eu, pelo menos. Mas tocar mesmo ele nunca tocou nada não.

Leila conduz Adelaide até o jardim do restaurante, nos fundos. Sua amiga está lá, encasacada, as mãos metidas em luvas de jardinagem. Leva as duas pela propriedade. É um terreno imenso onde plantou uma espécie de jardim botânico de ervas aromáticas. Falam pouco. Ao contrário de Leila, a amiga não é de arroubos, e parece a Adelaide tão no seu elemento que talvez seja um pouco planta ela também.

Em algum momento, as duas, Leila e Fátima, começam a conversar num canto e Adelaide aproveita para caminhar sozinha por um instante. Margeia canteiros, arbustos, passa por uma pequena ponte de madeira sobre um córrego. Um caminho vai dar dentro da mata, onde foram abertas, numa pequena extensão, breves trilhas para os visitantes. As trilhas são ladeadas por pedras brancas e há placas de quando em quando identificando as espécies vegetais. O céu está de um branco sujo e opaco, parece doentio. É tudo bastante diferente da trilha do outro dia, mas num certo sentido Adelaide se sente perdida. Aquelas trilhas domesticando um pedaço de floresta fazem com que ela pense nos animais de um zoológico. Olha ao redor e tudo parece falso. Tudo parece uma espécie de cenário que a qualquer momento vão mandar desmontar.

Algumas miragens nos encantam, Sofia disse certa vez. Mas há outras que nos subjugam. Adelaide está pensando nisso enquanto passa os dedos pelo machucado da mão, agora já em processo de cura. Formou casca ali, e o punho desinchou e quase não dói.

Miragem. Ela procura a origem da palavra. Do latim *mirare*. Olhar com espanto, fitar, admirar-se.

Ontem estava ouvindo um podcast que o algoritmo lhe sugeriu, uma análise das representações do amor nas obras de arte. Não sabe por que o algoritmo lhe sugeriu isso. Mas resolveu experimentar. O programa começava com a descrição de uma (célebre, segundo o apresentador) escultura de Antonio Canova chamada *Vênus e Adônis*. É curioso ouvir num podcast, sem o elemento visual, essa descrição da importância do olhar. Lembra-se da fazenda-santuário e do boi a quem faltavam os dois olhos. Lucas. Lembra-se de quando ele lambeu a palma da sua mão com a língua grossa.

O olhar, a mirada, é também miragem, equívoco, ilusão, disse o apresentador — algo dessa ordem, pelo que Adelaide se lembra. Na escultura de Canova, Vênus traz gentilmente o rosto de Adônis em sua direção. Os dois se fitam nos olhos. É, não por acaso, a última vez que ela o vê com vida: ele está saindo para caçar, e vai morrer na caçada. Mas ela não sabe disso. Sua mirada já é uma miragem.

Uma vez Sofia falou de como Derrida também começava

uma conferência com a descrição de uma mirada, a descrição da mirada do animal. Sofia foi até a estante, puxou o livro. "Podemos dizer que, desde sempre, o animal nos olha?", o filósofo perguntava. E Sofia continuou: "Com frequência me pergunto *quem sou* — e quem sou no momento em que, ao ser surpreendido nu, em silêncio, pelo olhar de um gato, tenho dificuldade — sim, tenho dificuldade — para superar um incômodo".

Sabemos, intuímos, dizia o apresentador do podcast, o que se passa no fio do olhar tecido entre Vênus e Adônis na escultura de Canova. Já estivemos, de um jeito ou de outro, naquele lugar.

Adelaide se pergunta: o que vê uma baleia-azul quando topa com uma prancha na superfície do oceano como aquele vídeo que lhe mandaram uma vez? Um homem rema num paddle board na costa da Califórnia. Bem ao seu lado, na água, surge de repente o maior animal do planeta. A baleia-azul vai acompanhando o homem por mais de uma hora e, em dado momento, chega mesmo a deslizar por baixo da prancha. O áudio registra os gritos do homem, o encantamento e a excitação visivelmente maiores do que a apreensão. De vez em quando, parte do corpo da baleia aflora. E o homem, deslumbrado, grita. E a baleia-azul segue na câmera lenta do seu corpo alongado. Caçada implacavelmente pelos baleeiros ao longo do século passado e levada quase à extinção. Nadando ao lado de um homem num paddle board. Bem perto da superfície, às vezes rompendo-a para respirar.

O que pensa, o que sente uma baleia-azul? O que enxerga uma baleia-azul quando topa com uma prancha na superfície do oceano? O que veem as novilhas no pasto ao seguir com os olhos o carro que passa na estrada? O quê vê o gato no homem nu? O que "vê" o boi a quem faltam os dois olhos quando sua língua roça na palma da mão de uma mulher? O que via o beija-flor que esvoaçou ao redor de Adelaide durante uns bons cinco minutos, outro dia, na varanda? Ela se imobilizou por completo para deixar que ele se aproximasse. Ele veio até bem perto do seu rosto. Ela querendo estender a mão para tocá-lo, mas sabendo que isso romperia o pacto. O beija-flor ficou ali, ia e vinha, ela ouvia o zumbido das asas. Ele se afastava um metro, voltava, afastava-se um pouco outra vez, voltava. Chegou a centímetros do seu rosto. O que ele via?

O que será que viam, em suas gaiolas, as chinchilas no galpão, no dia daquela inocente visita a convite dos amigos que tinham casa em Teresópolis? Adelaide entrou ali não sabendo muito bem o que esperar. Não pensou muito a respeito. Achava, talvez, que as chinchilas seriam vendidas como animais de estimação ou algo assim. A família caminhando por ali, entre as gaiolas, o pai, a mãe, seu filho pequeno e o cachorrinho.

Não teve coragem de fazer a pergunta, mas mais tarde, já em casa, com os olhos esbugalhados de terror, leu: as formas mais comuns de executar as chinchilas para extração da pele são o uso de gás, a eletrocução ou a quebra do pescoço. A eletrocução é feita com um eletrodo na orelha e outro na cauda do animal. Uma leitura levou a outra e depois a outra e foi como ter aberto uma das portas do inferno. E ela soube que as coisas nunca mais seriam as mesmas, que ela nunca mais seria a mesma. As palavras daquele ativista: a partir do momento em que a venda foi retirada dos seus olhos e ele viu a realidade do que acontecia ao seu redor, a partir dali foi como viver em luto permanente.

O animal que ela segue com os olhos, com as mãos, com os ouvidos, o animal que a segue (tigre-de-bengala na floresta, baleia-azul no oceano Pacífico, novilha numa estrada rural): como entendê-lo sem cair na tentação de antropomorfizá-lo, sem querer vesti-lo com os seus atributos? Como entendê-lo mesmo sem entendê-lo totalmente? Como respeitá-lo, mesmo que não o entenda totalmente? O que ele espera dela? Será que ele espera alguma coisa dela?

Derrida escreveu, Sofia disse, que era como se o gato o levasse de volta à narrativa terrível do Gênesis. E o filósofo se perguntava quem teria nascido primeiro, antes dos nomes. "Quem viu o outro chegar? Quem terá sido o primeiro ocupante — e, portanto, o senhor? Quem permanece sendo o déspota desde sempre?"

Ele vem. Pediu para vê-la. Praticamente não se falaram nos últimos dias. Ela não contou do acidente com a bicicleta, não contou do encontro com Leila, não contou que já não trabalha mais na loja. Mas ele deve saber de todas essas coisas. Ela não contou que vai embora da Lapa em breve.

A égua do sonho repete não há nada para você aqui, Adelaide, nada. Nem mesmo ele. Nem mesmo esse homem que chega agora e se abaixa para te dar um beijo.

E então ela se dá conta, é mesmo. Aquilo que pensou, aquelas palavras quase grandiloquentes, aquilo de estar um pouco apaixonada por ele, aquilo foi a verdade do momento em que foi verdade. Olha para Rai. Que pessoa Adelaide pensa que esse homem é? Seria todo um projeto, vir a conhecê-lo. Ela já sabe bastante da intimidade do corpo dele. Mas isso é tão pouco. Tanto e, ao mesmo tempo, tão pouco.

Andei pensando em fazer aquela estante para você, o que acha?, ele diz. Vou ter umas semanas mais tranquilas. Acho que caberia bem uma estante aqui, você não acha?

E ela se comove. De novo e de novo ela se comove. Tem vontade de convidá-lo para dar uma volta, mas a estrada tem olhos demais. Gostaria de passear com ele, caminhar um pouco por aquele mundo frio e lhe perguntar onde está a verdade. Se nas palavras dele, se nas palavras de Leila. Mas a estrada também se transformou no inimigo.

De repente tudo isto aqui ficou realmente pequeno demais.

É a mesma sensação claustrofóbica que teve antes de se mandar, de partir numa viagem América Latina acima que era para durar algumas semanas apenas e durou mais de uma década, depois que ela por fim conheceu George. E os amigos dele. E atravessou mais uma fronteira, aos tropeços, e foi parar nos Estados Unidos da América e, em algum ponto, numa prisão nos Estados Unidos da América.

    não há nada para você aqui
    mas então onde
    Rai se senta ao lado dela.
    Você não vai me oferecer um café?
    Diante do pedido algo estala dentro dela e Adelaide sente uma vontade imensa de dizer que ele pode ir até a cozinha e fazer ele mesmo o café. Isso da cortesia esperada ou mesmo demandada é algo que faz com que deseje de imediato pular para o outro lado da cerca e ser sumamente descortês. Ou talvez só esteja de má vontade com ele. Será? Por que não faz logo de uma vez a pergunta?
    não há nada para você aqui
    Rai não é a pessoa que você pensa
    Leila não é a pessoa que você pensa
    Adelaide não é a pessoa que você pensa
    Põe a água para ferver na chaleira. O pó de café no coador que desta vez não estava dentro da geladeira mas sim na gaveta. E de certo modo eles já têm, Rai e ela, algo de hábito. Em tão pouco tempo os hábitos se criam, Adelaide pensa nisso e acha mesmo impressionante. Se por um lado é boa aquela domesticidade, por outro é quase como se ela fosse mulher dele. A outra mulher dele. E ele estivesse aqui em sua outra casa, pedindo um café que, ademais, teria plenas condições de preparar ele mesmo.

A verdade é um monte de notas dissonantes. A nota errada no fim de um recital que pode ou não ter acontecido (mas a nota errada sempre está à espreita em qualquer recital de qualquer instrumentista). Aquele momento da marcenaria, Gil vendo tudo da porta. O encontro com Leila.

E o que Adelaide tinha em mente, então? Talvez, pensa, um estender-se para sempre daquela tarde. Ele dizendo, ao volante do carro, você é bonita. Esse momento exato. O momento de saber que serão amantes. A dobradiça, o instante em que o desejo se desmascara mas os futuros amantes ainda nem sequer tocaram na pele um do outro. Nem sequer meteram as mãos por dentro da barra de uma camisa, da alça de uma blusa, do cós de uma calça. Nem sequer aproximaram os rostos o suficiente para sentir o cheiro do hálito um do outro. A respiração levemente acelerada. Nem sequer entreabriram a boca para a boca entreaberta do outro. Ali. Exatamente ali. Ela teria condições de ficar.

Começou a ventar. Ela tem vontade de sair. Ir para o meio daqueles dez por cento remanescentes de Mata Atlântica, para o meio de lobo-guará paca inhambu jaçanã papagaio-de-peito--roxo veado-campeiro araponga onça-parda sapo-flamenguinho muriqui jaguatirica maritaca tucano canário, para o meio dos bois vacas porcos galinhas que não pediram para estar ali e para o meio dos cachorros que correm atrás da sua bicicleta e dos gatos lânguidos em cima dos muros.

Sentam-se à mesa com as xícaras de café. Adelaide traz uma goiabada que comprou esses dias, mas ela própria não come. Ele sim, e repete. Ela fica observando enquanto ele come, parece que está diante de um filme, um vídeo com a demonstração de alguma coisa.

Claro. Agora está muito claro. Para ela. Que chega a abrir um sorriso enquanto leva as coisas de volta à cozinha. Algo que se afrouxa, que se distensiona. É sempre melhor saber das coisas do que não saber.

Quando está lavando a pouca louça que sujaram, ele vem, se aproxima, abraça-a por trás. A boca em sua nuca. O corpo já se encaixando no seu por cima da roupa, inteiramente dono dos próprios gestos e inteiramente consciente do que quer. Ela termina de lavar a louça com ele ali, grudado nela. Como já fizeram tantas vezes ao longo das últimas várias semanas. Não sabe por que está fazendo isso, por que está deixando que isso se faça. Ação inação ação. É difícil se desapegar do apego que começou faz tão pouco tempo?

Põe as xícaras emborcadas no secador, o prato onde ele comeu a goiabada, o garfo, a faca. Vira-se para ele.

Na boca de Rai, na língua dele, o gosto da goiabada. Ele agarra sua bunda com as duas mãos.

Ela descola a boca da sua boca e diz Rai.

Ele olha para ela como se não entendesse aquele nome dito daquela maneira naquele momento. Ela disse Rai com seriedade, como se fosse uma atriz numa cena de outro filme equivocadamente transplantada para aquele momento. Ele olha para ela. Uma das mãos solta a bunda e cobre por inteiro um dos seios, que aperta de leve. O pau dele está duríssimo de encontro à coxa de Adelaide.

Rai. Melhor não.

Ele recua o rosto.

Não continuar com isso.

Ele sorri como quem não acredita. E a mão se mete no cós da saia que ela usa e vai deslizando por entre as suas nádegas.

Não, Rai, é sério.

Mas não pode ser sério, olha só, olha como é gostoso.

E ele mete a ponta do dedo entre as suas nádegas, dentro dela, porque ela gosta e ele sabe que ela gosta. Mas agora ela não gosta. E ele diz, num sussurro, saudades de meter a língua aqui e — Rai — meter a língua — Rai, é sério. Vamos conversar.

Ela se solta, vai até o quarto que é ali do lado. Ele parado. Homem bonito. Confuso. Perplexo.

O que foi que houve?

Eu vou embora. Não quero mais continuar com isso. Estive conversando com Leila outro dia. Ela me disse uma porção de coisas e eu não sei o que pensar.

Remexe nos poucos objetos em cima da cômoda para dar às mãos o que fazer — as mãos são sempre a parte mais desajeitada do corpo. Passa os dedos nos livros, na caixinha de papelão já gasta do tarô, nos seus objetos pessoais, um par de brincos, um frasco pequeno daquela colônia de alfazema que tem uma espécie de camponesa suíça no rótulo — a moça olha para ela e sorri um sorriso que não descolore, que não se cansa, que não acaba nunca. Ela sorri para sempre, aquela camponesa, mesmo sob o peso do fardo imenso de flores de alfazema que carrega em cima da cabeça.

Rai diz você não deve acreditar em tudo o que a Leila diz. Ela mente.

Aproxima-se de Adelaide, enlaça-a pela cintura.

Entendo que você sinta vontade de ir embora. Este lugar não é para você, isso estava claro desde o início. Eu posso ir te ver lá no Rio de vez em quando, a viagem é tão curta — ele desliza as mãos para o meio das suas pernas. Começa a massageá-la por cima da calcinha, por cima da saia.

Não, Rai. Eu andei pensando. Não quero mais.

Andou pensando!, a voz dele se altera, está rindo alto mas existe algo de incongruente na risada. Algo metálico, Adelaide não sabe ao certo. Mas se lembra por um segundo de uma cena daquele filme que viu há muitos anos, Kurosawa, se não está enganada — uma mulher bonita, uma espécie de espírito, surge diante de um grupo de montanhistas perdidos numa tempestade de neve e vai cobrindo os homens caídos com uma série de pedaços diáfanos de tecido, como se os estivesse amorosamente pondo para dormir. Mas em algum momento as feições da mulher espectral se transformam nas de um demônio. Ela quer que os montanhistas fiquem ali, quase inconscientes, enquanto a neve cai implacável, e o que está fazendo é matá-los pouco a pouco de frio. A mulher espectral e linda é um demônio, é a própria neve que cai. Dizem que é uma das mortes menos dolorosas que existem, Adelaide ainda tem tempo de pensar.

Mas Rai já terminou a metamorfose e diz porra mas você andou pensando e decidiu unilateralmente assim, da noite para o dia!

E o que se segue é algo que Adelaide não entende, embora entenda tão bem.

O homem que a derruba na cama como se aquele fosse um gesto consensual, pedaços diáfanos de tecido, é o homem que um dia lhe deu carona e lhe disse palavras afáveis o homem que antes disso lhe trouxe uma bicicleta de presente o homem que lhe serviu cervejas na festinha de aniversário do filho (capeta), esse homem a derruba na cama, o homem que ouvia o segundo movimento da sétima de Beethoven em loop na marcenaria, esse homem a derruba na cama e ela exclama alguma coisa e a sua voz escoa em meio à arruaça do vento como se estivessem mesmo brincando.

É o mesmo homem que a vira de costas, e ela é forte, sim, mas não tanto quanto ele, é o mesmo homem que puxa sua saia e sua calcinha num só gesto para baixo com a mão direita. Ele enganchou a mão direita por baixo do braço direito dela, seu punho machucado dói com a pressão, ele a cravou na cama com a mão esquerda, o peito comprimindo as suas costas, acabaram-se os nomes, por pouco não se acabaram as palavras também.

Ela sabe, não vê, mas sabe, mas ouve, que ele abriu o zíper e abaixou a calça. Ela sabe, não vê, mas sabe, mas ouve, que ele cospe na mão e passa a saliva entre as pernas dela e as pernas dele a comprimem na cama enquanto ele mete por trás e ela dá um grito alto de dor que o vento insiste em levar para passear por aí como se nada, como se fossem bons amigos. E ele mete o pau inteiro, está inteiro dentro dela, inteiro em seus intestinos e ela por um instante sai do próprio corpo e observa o que está acontecendo e se pergunta puxa mas como é que cabe. Como é que cabe o pau duro desse homem dentro dos seus intestinos se tudo nela é contrário àquilo, se tudo nela se fecha, se mentalmente ela faz como na cartilha da Animal Liberation Front — se for atacado, tente formar uma bola com o corpo e proteger a cabeça com os braços. Mentalmente, ela se refugia num canto. A polícia só recorrerá à violência se achar que isso vai fazer você falar, então fique de boca fechada e estará seguro. E estará segura. De boca fechada. Mas ela grita, de novo e de novo, até que sente o murro no maxilar e tem quase certeza de que desta vez alguma coisa se quebrou. E seu corpo entra em pane, sem saber se o que dói é o maxilar que levou um soco, se é o ânus varado pelo pau duro do homem em cima dela, se é o punho que machucou ao cair de bicicleta há alguns dias, se é a pele esfolada da mão que aos poucos vai cicatrizando, se é todo o conjunto de músculos mais tensos do que têm condições de estar. Ou se é algo muito mais interno, mais dentro dela do que a carne, mais dentro dela do que o mais dentro dela. E ela se cala. E para de se mexer. E pensa, enquanto chora quase sem fazer ruído, naquela camponesa sorrindo no frasco da colônia de alfazema.

Quando o dia amanhece ela está sentada na beira do rio. O vento levou as nuvens embora e amainou. Faz muito frio. Há uma nata de neblina por cima do rio, ela se lembra de pensar que sempre achou isso bonito.

Um lado seu, vigente outra vez, consegue contemplar esse estranho e curioso teatro de si mesma. Como se estivesse escrevendo a própria história num livro, distanciando-se das palavras, distanciando-se de si mesma através das palavras. Então Adelaide contempla Adelaide na beira do rio e encontra dentro da mulher sentada ali aquela memória, aquele dado biográfico tão prosaico e comum — ela sempre achou bonita a neblina de manhã cedo sobre o rio. É como se fosse um rio que flutua.

Outro lado seu, porém, está completamente súdito do momento que ela habita e que não é nenhum outro e não tem como ser nenhum outro e é feito, em essência, de um corpo que dói por inteiro.

Ela ouve os primeiros pássaros acordando. De madrugada, tirou uma carta e era a carta do Mundo. O último dos arcanos maiores, o que completa um ciclo — e, quem sabe, vai voltar ao arcano zero, o Louco, e recomeçar tudo outra vez. Mas recomeçar tudo outra vez jamais é literal. Algo se aprendeu ou se acumulou ou se deixou de lado na jornada anterior.

No seu tarô, o Mundo é uma dançarina. A continuidade dos ciclos é simbolizada por uma guirlanda de louros dentro da qual ela se equilibra. No seu tarô, aquele que Julia lhe deu de presente, a Dançarina do Mundo é ladeada pelos símbolos dos quatro elementos: leão, touro, anjo e águia. Eles representam também quatro signos zodiacais — leão, touro, aquário e escorpião —, os quatro pontos cardeais, as quatro estações.

Adelaide passou a noite entre o sono e a vigília, embrulhada nas cobertas (se for atacada, tente formar uma bola com o corpo e proteger a cabeça com os braços). Portas trancadas, janelas fechadas. Até o basculante do banheiro. Seu corpo inteiro doía. Seu corpo inteiro dói. O dia amanhece e ela está sentada à beira do rio, agora calmo, sob a neblina.

Tem medo de tirar a roupa, mas é o que vai fazer. O medo é a arma do inimigo. Começa pelas botas de montanhismo, depois tira as meias, a calça jeans, o casaco, o blusão. A calcinha, o sutiã. Faz frio e o dia ainda não clareou de todo. Mas ela precisa se lavar no rio. Ela precisa que o rio a ajude a levar nas costas só aquilo que interessa. É todo um projeto. É sempre um projeto. Mais tarde, muitas coisas vão acontecer. Mas agora, por um breve instante possível, quer que sejam só ela e o rio.

O rio, doce rio, inocente como tudo o mais, tudo é inocente, exceto os homens. Ela entra na água e o choque do frio ajuda a esvaziar a mente. Ela mergulha no rio barrento, um rio que atravessa currais e pocilgas e galinheiros e tanques e gaiolas, e tudo submerge no cochicho da água. E o que a água tem a dizer é uma subtração de tudo o que é dito ao seu redor. O frio é quase insuportável. O rosto de um demônio está dizendo que vai matá-la, bem ali, naquele momento.

Faz três coisas naquela manhã. Vai à delegacia de polícia. Vai ao posto de saúde. Por fim, vai até o ponto de ônibus.

Antes de ir embora de Nossa Senhora da Guia num ônibus com destino a Resende, onde tomará outro para o Rio, compra um envelope pardo na papelaria. O vilarejo inteiro são olhos cravados nela. O que foi fazer na delegacia? Não importa, já não importa quantos olhos haja por ali. Na verdade, ela pensa, quanto mais melhor. O vilarejo observa quando ela entra na delegacia. Não é, pelos motivos óbvios, uma atitude fácil. Mas ela se lembra daquela estratégia, em vez de executar a ação com o corpo simplesmente deixar que a ação se execute através do seu corpo, quase como se não lhe dissesse respeito. O vilarejo observa quando sai. Fica assistindo feito uma velha fofoqueira quando ela entra no posto de saúde, quando sai. Quando transita por ali com a mochila nas costas, bolsa de viagem a tiracolo, de bicicleta. Espia quando ela se encaminha ao ponto de ônibus, onde para e desce da bicicleta e fica esperando, com sua mochila e a bolsa de viagem. A bicicleta é largada para trás, anônima, fica apoiada num muro ali ao lado quando Adelaide embarca.

Dentro do envelope pardo, que antes de ir até o ponto de ônibus ela deixou com aquela moça da mercearia cujo nome nunca ficou sabendo (Bete não estava), Adelaide pôs um livro. O catálogo de uma exposição que ela comprou no sebo da rua do Catete. Foi uma exposição ocorrida em Portugal e destinada essencialmente às crianças, com obras de artistas contemporâneos diversos retratando os animais. Adelaide teria gostado de visitar aquela exposição. O catálogo trazia um pequeno quebra-cabeça chinês, um tangram de papelão destacável, numa folha, debaixo das palavras QUE ANIMAL ÉS TU? Ela também pôs dentro do envelope a chave da casa na Lapa. Fechou o envelope e escreveu, na frente, o nome GIL.

Ao fazer isso, imaginou-o destacando as pecinhas do tangram de papelão e formando vários animais diferentes.

* * *

    O ônibus para algumas vezes antes de chegar a Resende. Entra gente, sai gente, entra mais gente. Adelaide está numa janela, embrulhada no casaco. Não vê quem entra nem quem sai, mas ao mesmo tempo tem uma aguda consciência do que acontece ao seu redor. A normalidade atroz de tudo. A vida que segue, como segue sempre.
    O movimento da estrada numa manhã, dia de semana. Caminhões lentos, carros velozes demais. Adelaide não comeu nada hoje e mesmo assim seu estômago embrulha. Faz planos de tomar um guaraná quando chegar à rodoviária em Resende. Dali até a Novo Rio serão duas horas e cinquenta minutos de viagem, conforme lhe informaram. Encolher-se no assento, encostar a cabeça onde puder — talvez na mochila apoiada na janela, já fez isso antes e dá certo. Pedir o sono ao sono. Quem sabe ele vem, o sono, uma trégua, e quem sabe vem sem sonhos por ora. É o que ela gostaria. No princípio era o escuro.
    Lembra-se do último incêndio. A gente tem que ir embora daqui, ouviu Santiago dizer ao seu lado, e a voz parecia vir de tão longe. É que o espetáculo é bonito, ouviu Sofia dizer, também como se estivesse muito longe. Era um manifesto.
    Atear fogo à casa da Lapa, que foi algo que lhe passou pela cabeça, não seria um manifesto. Seria uma tolice. Ela deixou comida na geladeira. Inclusive a goiabada, protegida das formigas. Deixou pó de café, açúcar, meio pacote de arroz. Algumas maçãs e tangerinas. O que restava das coisas que a ajudaram a viver durante algum tempo. Na mochila e na bolsa de viagem, as roupas, as fotografias e aqueles poucos livros.
    Chegou a sentir vontade, também, de fazer um incêndio simbólico, no qual poderia queimar todas as roupas que tinham estado sob as mãos daquele homem cujo nome ela agora tem

dificuldade de pronunciar (é um dos nomes da sua Morte). Não fez. Levou as roupas consigo. São só roupas e são suas.

Como é seu este corpo que agora desce do ônibus na rodoviária de Resende, vai ao banheiro jogar um pouco d'água no rosto, sentindo-se ligeiramente febril, compra o guaraná e vai se sentar num banco enquanto espera. Uma senhora com duas grandes sacolas de plástico, metida num casaco de lã, senta-se ao seu lado, dá um longo suspiro. Adelaide acha que ela vai puxar conversa, mas só fecha os olhos e fica ali, quieta, feito uma monja em meditação.

Adelaide se lembra daquela vez em que uma monja budista de cabeça raspada e hábito marrom foi dar aula de meditação na prisão. Por insistência de Julia, ela se juntou ao grupo. Ficaram sentadas em silêncio durante vinte minutos. A monja orientou: prestem atenção na respiração. Se for muito difícil, experimentem contar de um a dez, um número para cada inspiração, e chegando a dez comecem de novo. A monja respondeu a algumas perguntas no final, e a alguém que lhe perguntou qual era o ideal de vida budista ela respondeu: não causar nenhum mal neste mundo. Algumas riram alto do absurdo. A presidiária que tinha feito a pergunta argumentou que era impossível. A monja apenas fez que sim com a cabeça e disse: esse é o ideal. Nós só tentamos causar o mínimo possível de mal.

Muitas vezes Adelaide sentiu vontade de causar o máximo possível de mal neste mundo. Sua ação ante a inação do universo. Nesta merda de mundo humano em que, na sua opinião, todas as sinfonias de Beethoven não justificam um único matadouro. Que Beethoven vá à merda e leve todos os seus consigo. Tudo, tudo de bom e lindo e magnífico que a humanidade realizou, todas as cento e cinquenta maravilhas do mundo. O projeto não deu certo.

Ela toma um analgésico junto com o guaraná. Ao seu lado, a senhora de casaco de lã começou a roncar, a cabeça pendurada sobre o peito, as mãos ainda agarradas aos sacolões de plástico apoiados no chão.

É madrugada e Adelaide dorme. Às vezes vem até a superfície do sono só para atestar que está na Glória, no Rio de Janeiro. Na casa do seu pai e da sua tia, na rua Barão de Guaratiba.

Era a rua onde morava o seu primeiro namorado, ela não chegou a comentar isso com Cida. No dia em que os dois começaram a namorar estavam na casa da rua Barão de Guaratiba, onde ele morava com os pais e os irmãos. Eram adolescentes, colegas de escola. Encontraram-se um dia depois da aula para ouvir música na casa dele. Num momento romântico, a sós, o entardecer na baía de Guanabara ao fundo, ele perguntou a ela e então, você vai pensar em mim esta noite? E ela, absolutamente canhestra, marinheira de primeira viagem, decidiu apelar para a ironia. Depende, ela disse. Se não tiver nada melhor em que pensar.

Tocar nesse ponto da sua biografia ainda a faz sorrir quando desperta brevemente no meio da madrugada.

Tem dormido melhor. Tem dormido já sem calmantes, sem aqueles comprimidos embalados em tarja preta que a entorpeceram nos últimos dias desde que voltou para o Rio. Ao longo desses dias ela passou pela febre, passou também pelo desejo de ir embora do próprio corpo e nunca mais voltar. Assim, simplesmente sair — gente, foi mal mas para mim já deu. O ser humano é um animal que vive muito, chega a ser absurdo, considerando-se sua fragilidade. Vejam, já são mais de quarenta anos. Deveria ser possível, ela pensou, a pessoa em algum momento considerar seu tempo arrematado, concluído, e se retirar de cena com discrição. Cair fora, migrar para o zero absoluto, onde não há memória nem desejo nem tristeza nem nada. Ir ali para as coxias da vida e ficar observando o maquinário, já não participando mais do drama.

Tinha a impressão de atravessar essas coisas como quem está num túnel, ouvindo o eco intensificado de tudo o que atravessava o túnel junto com ela. E ela desejava o silêncio e tapava os ouvidos, mas então se dava conta de que o túnel era do lado de dentro.

Em alguns momentos, naquela massa de dias e noites, tia Cida trazia uma comida. Às vezes Adelaide comia, às vezes não. Às vezes sabia que sentia fome, tinha consciência disso, mas fome e vontade de comer eram duas coisas distintas.

Noutros momentos, Adelaide se via debaixo de um chuveiro, ensaboando o corpo com um sabonete roxo, ela sempre reparava no fato de o sabonete ser roxo. Pensava nas quaresmeiras floridas em abril.

Algumas vezes levou seu corpo até a sala como quem leva um cachorro para passear e ficou ao lado do pai. Puxou uma cadeira, sentou-se ao lado dele e se deixou ficar ali, sem fazer nada, sem dizer nada. Ele vendo um jogo de futebol na TV ou então dormindo de boca aberta e roncando enquanto as cenas de algum seriado deslizavam pela tela como uma escola de samba na Marquês de Sapucaí.

É a última noite que ela passa nesta casa, hospedada com o pai e a tia, antes de se mudar para o quarto e sala que alugou não longe daqui, num recanto de Laranjeiras. Ontem mesmo saiu pela rua do Catete em busca de alguns eletrodomésticos que gostaria de ter. Um liquidificador é importante. Comprou um par de sapatos para o novo emprego. Uma porta de entrada, disse Cida, que foi quem lhe arranjou a posição através de um conhecido que lhe devia um favor. Um recomeço, a tia disse. Pelo menos é na sua área.

De volta aos códigos. Java. Adelaide acha de uma ironia finíssima o fato de ser uma pequena empresa da área de segurança do trabalho.

Ontem e hoje ela tirou arcanos maiores no tarô. Bem que teria gostado de algo mais trivial. Mas ontem foi o arcano de número sete, a Carruagem. E hoje o de número seis, os Amantes. Será que num certo sentido é possível também pensar neste seis que vem depois do sete como um sinal do tempo que recua, do tempo não linear mas circular ou elíptico — ou mesmo, se ela quiser explodir as referências todas, simultâneo?

Tudo acontecendo em sincronia. Um homem rema num paddle board na costa da Califórnia, e por baixo dele nada uma baleia. Bem ao seu lado, uma mulher olha para o fogo, que se alastra depressa. Uma mulher cai de uma bicicleta, uma mulher despenca de uma encosta com seu carro na neve. Os Amantes, arcano seis, a escolha. A Carruagem, arcano sete, o movimento. E depois do movimento se volta à escolha. Recolhem-se os fios dos labirintos. Estar no centro e na entrada, que é também a saída, tudo ao mesmo tempo. E o bicho parte humano parte touro que habita o labirinto não é o inimigo. É só um espelho.

Atrasada. Vai dirigindo o carro de Cida feito louca pela Linha Vermelha até o aeroporto internacional, na Ilha do Governador. É bem cedo ainda. George chega hoje, e Adelaide nem tem palavras para domesticar essa emoção. Seu amigo, seu grande amigo George. Todos esses anos afastados, esses anos que duraram muito mais do que os dias oficiais do calendário.

Ele vai se adaptar como uma luva a esta cidade, ela pensou com um sorriso quando recebeu a mensagem em que ele informava, com pouquíssimas palavras, de sua chegada ao Rio em breve. Vinha para passar uns tempos. Então não era piada o que ele disse naquela noite de festa junina na Guia. Adelaide acha que tem mesmo algo de carioca no americano com trejeitos britânicos, por incrível que pareça. Certa impertinência.

Vou te buscar, ela disse. Vou dar um jeito de ir te buscar, por favor me passa os detalhes do seu voo.

E você tem carteira?, perguntou tia Cida quando ela pediu o carro emprestado.

Tenho uma carteira de lá, qualquer coisa explico que sou gringa.

Você não parece gringa nem fala que nem gringa.

Eu dou um jeito. Não se preocupe.

Tem vontade de acrescentar que já fez coisas infinitamente mais arriscadas na vida do que dirigir sem carteira e se safou. Até que não se safou. Mas tem certeza absoluta de que não vai acabar na cadeia se for parada pela polícia do Rio de Janeiro e descobrirem que está dirigindo sem carteira.

George não explicou exatamente o que vinha fazer na cidade. Adelaide se ofereceu para hospedá-lo no apartamento, explicou é um quarto e sala mas a gente sempre se virou, não é? Quanto à escassez de informações sobre a viagem, ela se acostumou, durante os vários anos de convívio com ele, Santiago, Sofia e os outros, com o fato de que as mensagens às vezes tinham de ser sucintas e com frequência cifradas. O inimigo tem olhos, ouvidos, mãos e pés em toda parte. Quando eram breves na comunicação era porque precisavam ser breves na comunicação. Ela sabe disso. Então a mensagem lacônica que num primeiro momento pareceu adequada àquele temperamento meio blasé, tipicamente georgiano, talvez seja outra coisa.

Vai dirigindo feito louca o carro pela Linha Vermelha, grata porque o engarrafamento é só no outro sentido. Lá estão os vendedores de água mineral e biscoito de polvilho com seus isopores e sacolas. Do lado de cá, o trânsito flui bem.

Ela confere o terminal, se encaminha ao estacionamento. O coração em inesperada festa. Uma festa-surpresa, ela abrindo a porta e dando com música, confete e serpentina quando só esperava uma sala escura e desabitada.

Toma o elevador, por sorte chegou a tempo. Não queria que ele esperasse, nessas ocasiões de chegada é preciso que seja sempre o contrário.

Ao seu lado, seguram placas ou cartazes escritos à mão com nomes dos viajantes esperados. Outros empunham balões, buquês de flores, bichos de pelúcia, corações recortados em cartolina vermelha. Famílias inteiras com aquele sorriso ansioso no rosto. Adelaide pensa com curiosidade nas histórias de chegada. O que andou fazendo em outro canto do mundo a pessoa aguardada, e há quanto tempo, para que sua volta seja recebida com tanta comoção. Há muitos funcionários de empresas de táxi enxameando por ali, todo mundo que chega ouve o infalível táxi, senhor?, táxi, senhora?.

Adelaide cortou o cabelo bem curto. Escolheu o vestido azul de malha porque deseja dar outra semântica às roupas, aos objetos. Eles não têm culpa.

Começam a sair, pela boca do desembarque, pessoas com carrinhos abarrotados de malas. Vêm dos Estados Unidos, ela sabe. Os brasileiros e suas compras. Adoram ir às compras nos Estados Unidos, passear por aqueles outlets que têm o tamanho de pequenas cidades em busca de pechinchas. Hoje Adelaide sorri. Seu coração batuca, batuca, ela sua frio, nem sabe o que vai dizer quando vir George, o que vão dizer um ao outro.

Então ele chega. George velho de guerra, literalmente, e a sensação que Adelaide tem é que se viram ontem mesmo. De tão familiar que ele é. Mas está escrito no seu rosto e no seu corpo que alguma coisa aconteceu, que muitas coisas aconteceram. Ele também passou uma temporada preso. Ela não imagina como foi para ele. E essa impressão vai muito além de fatos prosaicos como o cabelo mais grisalho e uma postura visivelmente mais cansada. Vimos coisas, fizemos coisas, passamos por coisas, ele parece dizer. Num certo sentido, se excetuar os dois familiares que lhe restaram, George é o ser humano mais próximo que tem no mundo.

Mas há outra pessoa conhecida saindo pela porta das chegadas internacionais junto com ele. Montenegro está um pouco diferente, óculos, sem barba (o bigode resistiu). O ar tropeça dentro dos pulmões de Adelaide, o ar fica sem saber muito bem por onde seguir, se sobe num engasgo, num grito ou outra coisa.

Antes de abraçá-la, George diz esbarrei com este sujeito por aí, talvez vocês se conheçam.

Adelaide diz a Montenegro, mais do que pergunta, está de férias dos baleeiros.

Empacam no engarrafamento da Linha Vermelha, lá fora os vendedores de água mineral e biscoito de polvilho com seus isopores e sacolas. Nenhum dos três parece se importar com a moleza do trânsito, com a impaciência das buzinas, com a cólera dos outros motoristas que dão fechadas o tempo todo. Trocam notícias que ainda são mais ou menos vagas. George comenta um filme que viu no avião.

Nenhum dos três, Adelaide sabe, quer instituir neste instante de reencontro algo demasiadamente — ela procura a palavra — carregado. Terão ainda assim seus momentos, ela sabe. E esses momentos surgirão quando menos estiverem esperando. Os seus balões de gás, as suas flores, os seus corações recortados em cartolina vermelha.

Pergunta se a ideia é irem direto para casa e Montenegro responde que gostaria de ir primeiro a um bar, qualquer bar que tenha uma cerveja gelada e uma vista bonita. Na falta de uma vista bonita a cerveja gelada basta. E aipim frito, ele acrescenta. Não comi nada naquela merda de avião.

A esta hora?, Adelaide pergunta. Você sabe que horas são? Nem sei se os bares já estão abertos.

Algum deve estar, ele diz. Confio em você.

E George diz meus amores, nós realmente podemos fazer o que vocês quiserem neste momento. Por mim tanto faz. Cerveja, café. E se quiserem me deixar no apartamento e sair sozinhos eu não vou me ofender. Aliás, de repente vou até agradecer, porque estou cansado e preciso tomar um banho. Mas hoje à noite nós três temos um compromisso e vocês não vão me escapar.

Um compromisso, Adelaide diz, enquanto o nó do engarrafamento afinal desata e o carro ganha velocidade, seu pé no acelerador.

Pois é, ainda não te contei, Adelaide. Também não contei a esse rapaz que parece que você conhece razoavelmente bem — a gente se reencontrou não faz muito tempo e consegui convencê-lo a vir até aqui resgatar você seja de onde quer que você tenha afundado. Mas é o seguinte. Conheci um pessoal há uns meses, um pessoal incrível daqui do Rio. E eu pensei, bem, vamos unir o útil ao mais útil ainda. Eu salvo a minha esposa da morte por indiferenciação, promovo o reencontro dela com o pirata da cara de mau e a gente vê o que essa gente tem para oferecer. Então é isso. Combinamos um encontro hoje à noite. Eu gostaria muito de apresentar vocês a eles. Esse pessoal está com umas ideias, uns projetos, vocês sabem, que parecem interessantes. Hoje vão explicar tudo com mais detalhes.

Ele afaga a mão de Adelaide sobre o volante.

Estou pensando em recrutar vocês.

ESTA OBRA FOI COMPOSTA PELA ABREU'S SYSTEM EM ADOBE GARAMOND
E IMPRESSA EM OFSETE PELA GRÁFICA PAYM SOBRE PAPEL PÓLEN NATURAL
DA SUZANO S.A. PARA A EDITORA SCHWARCZ EM MARÇO DE 2024

A marca FSC® é a garantia de que a madeira utilizada na fabricação do papel deste livro provém de florestas que foram gerenciadas de maneira ambientalmente correta, socialmente justa e economicamente viável, além de outras fontes de origem controlada.